张伟⊙主编

张有财 吴建华⊙副主编

诗旅岭南

一百首

广东旅游出版社

悦读书·悦旅行·悦享人生

中国·广州

图书在版编目（CIP）数据

诗旅赣南一百首 / 张伟主编；张有财，吴建华副主
编 . —— 广州：广东旅游出版社，2025. 4. —— ISBN 978-
7-5570-3542-6

Ⅰ . I227

中国国家版本馆 CIP 数据核字第 2025KD6547 号

出　版　人：刘志松
策划编辑：陈晓芬
责任编辑：陈楚璇
插图设计：张有财　龙年海
封面设计：谭敏仪
内文设计：谢晓丹
责任校对：李瑞苑
责任技编：冼志良

诗旅赣南一百首

SHILÜ GANNAN YIBAISHOU

广东旅游出版社出版发行
（广东省广州市荔湾区沙面北街71号首层、二层）
邮编：510130
电话：020-87347732（总编室）　020-87348887（销售热线）
投稿邮箱：2026542779@qq.com
印刷：佛山家联印刷有限公司
（佛山市南海区桂城街道三山新城科能路10号自编4号楼三层之一）
开本：787毫米×1092毫米　16开
字数：275千字
印张：16.5
版次：2025年4月第1版
印次：2025年4月第1次
定价：69.50 元

前 言

在浩瀚的文学长河中，诗词是传承古今的歌唱，诗词是穿越历史的符号，诗词是点亮未来的灯塔，诗词以其豪情万丈的情感与波澜壮阔的意境，成为中华民族文化宝库中的璀璨明珠。人生处处有诗意，古今时时伴诗意。"登山则情满于山，观海则意溢于海。"古人宦游四方、寄情山水、借景抒怀、激扬文字、谈笑古今，因此创作了无数名篇佳作，留下了永恒的诗意生活。山水名胜因诗词而绽放光彩，亭台楼阁因诗词而魅力无限，四季轮转因诗词而激荡人生。华美的词章，述说着一个个地域的文化之美。

诗词与旅游，自古以来就相得益彰，诗词是浪漫的，是豪放的，是激昂的，是温情的，是多彩的……旅游是诗意的，是相逢的，是开怀的，是乐趣的，是哲理的……诗词中的江山如画，诗词中的大地如景，诗词是寄旅诗人的创作源泉；诗情画意的山水，旅游见闻的诗词，旅诗是地方文化的点睛之笔。诗词是中华优秀传统文化中的典型代表，更是文旅融合中的重要元素和载体。

赣州，古称"虔州"，泛称"赣南"，位于江西南部，赣江上游，因域内章水、贡水而得名，自古就是"据五岭之要会，扼赣闽粤湘之要冲""承南启北，呼东应西、南抚百越、北望中州"的战略要地。一直享有"江南望地，章贡名邦"的美誉。赣南，历经千年的变迁和发展，赣南先贤们在这片土地创造了丰富的物质财富和精神财富。同时，赣南也是客家文化的集聚地，宋城文化的代表地，阳明文化的发祥地，红色文化的起源地。

赣南，几千年来，不仅孕育了一批又一批本邑的文人学士，而且以其壮美的山川名胜、深厚的历史底蕴、淳朴的风俗人情，吸引着邑外的高士大儒，慕名而来，流连咏叹，留下了大量令后人赞羡不已的诗词作品。以文塑旅、以旅彰文。为推进文化和旅游深度融合发展，本书以"跟着诗词游赣南"为设想，将赣南四大文化名片（红色故都、客家摇篮、江南宋城、阳明圣地）融入其中，进而丰富"诗旅"的内涵，让赣南的文化底蕴得以更广泛地传播和传承。

历代吟咏赣南山川名胜的诗词众多，据《历代名人吟赣州》四卷本收集已有1116位作者3254首诗。由于篇幅有限，我们从中选取100首关于赣南的诗词，可谓是百里挑一。为选取反映赣南山水的佳作，我们确定三个标准：首先，名家经典必不可少。像陆凯《赠范晔》、辛弃疾《菩萨蛮·书江西造口壁》等诗篇，不仅是赣南山水诗作的佳品，也是耳熟能详的文学经典。其次，鉴于地方乡贤的诗词多有乡邦之情，其中亦有不少优秀作品，择优取之。最后，赣南名胜古迹的佳作，尽可能辐射赣南十八县区域的山水名胜，彰显"诗歌+旅游"的新模式。本书所选的一百首诗词，有伟人毛泽东回忆战争胜利时的豪迈之情，有英雄将领辛弃疾、文天祥发出的爱国心声，有才子佳人的追忆之情，有羁旅诗人的无限赞叹……在不同时期有不同诗人的抒情咏怀，翻开此书，诗意赣南扑面而来，它将引领你进入一场专属于赣南的诗意之旅，等你去吟咏、体会、感悟。

诗旅赣南，诗是文学，旅是地理；诗重赏析，旅重特色。为推动文旅融合的进一步发展，在"诗词+旅游"的新模式下，本书采取图文并茂的形式展现赣南的自然景观与人文景观。故特别邀请赣南水彩画家张有财，以水彩画的形式呈现赣南壮美景观。有人说，水彩画被誉为绘画中的"轻音乐"，具有水色交融，透明轻快的艺术特质。一幅幅清新明丽的水彩赣南，折射出水彩艺术的美学理念，用艺术为旅游文化赋能，以景点链接为艺术增彩，水彩画的运用，为我们打开了一个广阔而清新的诗旅赣南。同时，本书力争打造成一本属于赣南的旅游宝典，展现赣南的艺术新天地。最后，我们将为读者打造赣南四大文化之旅，即红色之旅、客家之旅、宋城之旅与阳明之旅这四条地域文化特色旅游线路。

山水是大地的诗词，诗词是文字的山水。让我们一起从千年文化中撷取诗意赣南，追随一篇篇隽永的诗篇佳作，行走于赣南大地，共同领略伟人毛泽东所描绘的江西"风景这边独好"的诗词魅力！

目 录

阳明圣地篇 **/ 207**

红色故都篇

红色，是赣南最亮丽的底色。

赣州革命历史光辉灿烂！共和国从这里走来，红军二万五千里长征从这里出发！这里有模范兴国、寻乌调查、石城阻击战……苏区精神点亮红色记忆，不忘初心点燃革命热情。传承历史，续写新时代光辉历程！

革命时代的诗词，是那个年代的永久记忆。伟人毛泽东在赣南写下了"装点此关山，今朝更好看""踏遍青山人未老，风景这边独好"等豪迈诗句，为赣南的山川名胜留下了千古绝唱。这片红色的热土，因为一首首诗词，续写了不朽的光辉诗篇，感悟山河壮阔之美，感受中华诗词韵律。新时代续写光辉历程，铭记为革命理想而英勇奋斗的先烈们，发扬苏区精神，为实现中华民族伟大复兴而不懈努力。诗词中的红色故都正以其深厚的文化底蕴，焕发出勃勃生机，让苏区精神在新时代绽放新的光芒。

让我们一起跟着诗词走进红色故都——赣州，领略红色革命情怀！

瑞金市

菩萨蛮·大柏地

毛泽东

赤橙黄绿青蓝紫，谁持彩练[1]当空舞？雨后复斜阳[2]，关山[3]阵阵苍。当年鏖战[4]急，弹洞[5]前村[6]壁。装点此关山[7]，今朝更好看。

一九三三年夏

● 这首词最早发表在《诗刊》1957年1月号。

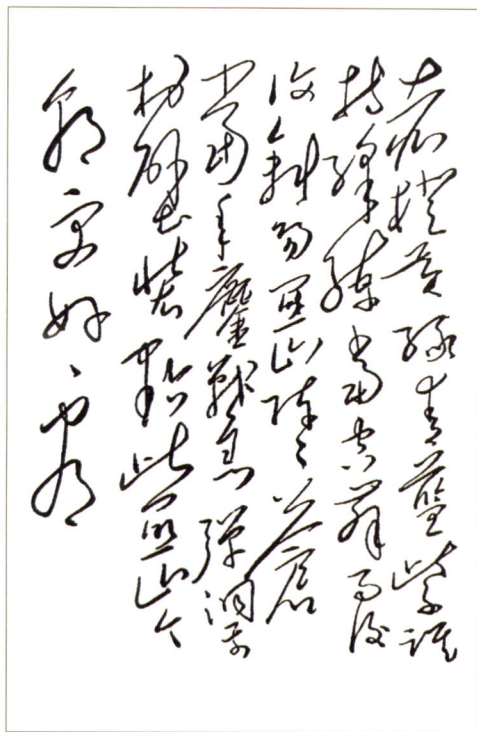

毛泽东手书《菩萨蛮·大柏地》

注释	[1]彩练：彩色的绢带，后常喻为彩虹。
	[2]雨后复斜阳：唐温庭筠《菩萨蛮·南园满地堆轻絮》词曰："雨后却斜阳，杏花零落香。"
	[3]关山：关隘和山峦。
	[4]鏖战：激战、苦战。
	[5]弹洞：枪弹留下的洞。洞，若视为动词，可作"洞穿"解。
	[6]前村：前面的村庄，这里指麻子坳附近一个名叫杏坑的小村庄。
	[7]装点此关山：宋代华岳《登楼晚望》诗曰："装点江山归画图。"装点：装饰、点缀。

作者简介

毛泽东（1893—1976），字润之。湖南湘潭人。伟大的马克思主义者，伟大的无产阶级革命家、战略家、理论家。毛泽东是马克思主义中国化的伟大开拓者、中国社会主义现代化建设事业的伟大奠基者。同时也是一位伟大的诗人、词人，书法家，其诗词大气磅礴，豪情万丈，壮美无限。其主要著作收入《毛泽东选集》（四卷）、《毛泽东文集》（八卷）。其诗词主要收入《毛泽东诗词选》《毛泽东诗词集》《毛泽东诗词欣赏》等。

作品赏析

大柏地，位于江西省瑞金市北，素有瑞金"北大门"之称。又地处山南部，四面环山，形势险要。1929年初，毛泽东、朱德率领红四军从井冈山出发，经会昌，于2月9日到此。次日，红军粉碎国民党军队的进攻，取得大柏地战斗的胜利。此战是朱毛红军弹尽粮绝之时的最后一击，也是毛泽东唯一一次提枪上战场冲锋的战斗。陈毅在写给中共中央的报告中评价此战为"红军成立以来最有荣誉之战争"。

1933年夏，毛泽东故地重游大柏地，写下了《菩萨蛮·大柏地》这首回忆之作。当时，敌人正准备发动第五次"围剿"，形势较当年大柏地战斗更为激烈。作者面对昔日金戈铁马的战场，感慨万千，欣然写下了大柏地的壮丽景色。上阕写景，"彩练""空舞"勾勒出一幅大柏地雨后彩虹的美丽画卷，传达出作者对革命战争胜利的喜悦之情。"斜阳""阵阵苍"描绘了经过雨水冲洗的关山，在斜阳的笼罩下，展现出阵阵苍翠之色，关山之美跃然纸上。大柏地自然风光充满了动态美，凸显了其独特魅力与勃勃生机。下阕追忆抒怀，描绘了作者重返昔日战场时对大柏地之战胜利的回忆。"鏖战"与"弹洞"细致描述了战斗的激烈与残酷，以及子弹穿透墙壁留下的战斗痕迹。这些成为关山之美的装点，可谓别有一番风采，使得关山更加美丽。这个更美不仅是对自然风光的赞美，所谓"今朝更好看"，更凸显出作者对革命战争胜利的赞美。词中处处写景，亦可见情景交融，将诗情融入战争，表达了作者对革命战争胜利的喜悦之情。词风欢快明亮，气势磅礴，简约豪迈，引经据典，读来朗朗上口，也能感受到作者对大柏地战斗胜利的喜悦，对祖国秀美山河的热爱。

景点链接

红四军大柏地战斗战场遗址：位于江西省赣州市瑞金市北六十里的大柏地乡，包括红四军前委扩大会议旧址和战场遗址两部分。

红四军前委扩大会议旧址原为王家祠，建于清同治十一年（1872），砖木结构，坐西向东，占地面积599平方米。

1960年6月，列为瑞金县文物保护单位。

1996年10月，列为全国爱国主义教育示范基地。

2000年7月，列为江西省文物保护单位。

2006年5月，列为全国重点文物保护单位。

大柏地战斗遗址为刘氏私宅：建于20世纪20年代，土木结构，占地面积35平方米，墙壁上至今仍有当年鏖战时留下的累累弹痕。

1961年6月，列为瑞金县文物保护单位。

1996年10月，列为全国爱国主义教育示范基地。

2000年7月，列为江西省文物保护单位。

2006年5月，列为全国重点文物保护单位。

访大柏地

郭沫若

马子坳^[1]头鏖战处，关山云树郁苍苍。

岩肤^[2]曾染英雄血，峡底新栽初稻秧。

弹洞杏坑留旧壁，诗碑^[3]柏地立当场。

长虹深幸如相识，彩练横空舞夕阳。

注释

[1]马子坳：地名，大柏地乡附近的麻子坳，也就是鏖战处。

[2]岩肤：岩石的表面。比喻历史的沧桑与战士的英勇。

[3]诗碑：大柏地有碑，刻毛主席《菩萨蛮·大柏地》词。

作者简介

郭沫若（1892—1978），原名郭开贞，字鼎堂。出生于四川乐山，祖籍福建汀州。中国现代著名文学家、史学家、古文字学家、诗人、剧作家、翻译家。对中国革命事业、近现代中国的科学文化事业作出重大贡献。与罗振玉（号雪堂）、王国维（号观堂）、董作宾（字彦堂）合称"甲骨四堂"。其古文字研究著作《中国古代社会研究》《甲骨文字研究》《殷周青铜器铭文研究》《两周金文辞大系》等。其代表作诗集《女神》是中国现代新诗奠基作。其著作等身，成果丰硕，全部作品由郭沫若著作编辑出版委员会出版《郭沫若全集》，分为文学编、历史编、考古编，总计38卷。

作品赏析

1965年夏，郭沫若重回瑞金之时创作《访大柏地》。1927年，郭沫若投身于南昌起义，于南下征途中攻占瑞金，并与贺龙、彭泽民在瑞金绵江中学加入了中国共产党。新中国成立后，他重返这片曾留下革命足迹的土地，目睹革命遗迹依旧矗立，往昔峥嵘岁月涌上心头，遂挥毫而就《访大柏地》一诗。通读《访大柏地》一诗，"鏖战""彩练""关山""弹洞"等词可知是对毛泽东词《菩萨蛮·大柏地》的整首化用。诗中"岩肤曾染英雄血，峡底新栽初稻秧"一句，通过对比"岩肤"（比喻历史的沧桑与战斗英勇）与"峡底新栽初稻秧"（代表新生的希望与和平的田园生活），表达了对过往英雄事迹的缅怀以及对未来美好生活的向往。全诗语言简练，情景交融，意境深远。全诗通过细腻的笔触，寄托了作者深切的怀旧之情与坚定的革命情怀，展现了一种既沉稳又充满激情的文学风貌。

访瑞金（四首）

董必武

绕郭绵江[1]自在流，云龙桥[2]上好凝眸。

西山白塔[3]虽仍旧，田亩无私迥不侔。

昔日红都迹尚留，公房简朴范千秋。

叶坪[4]沙坝[5]遥相望，谒者[6]频来总乐游。

父老相逢情谊稠，翻身故事话从头。

已将三座山[7]移去，公社生涯叶众谋。

瑞金恰是井冈俦[8]，革命摇篮地势优。

创议发于毛主席，至今影响及他洲。

一九六零年十一月一日访问瑞金　董必武题

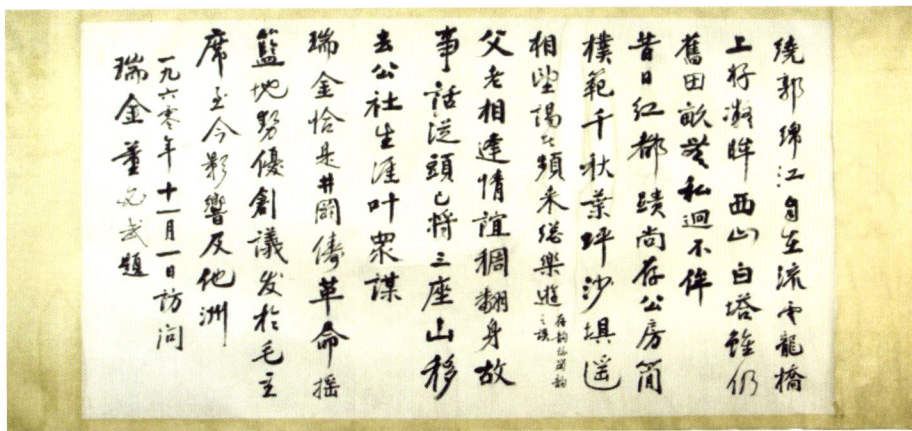

董必武1960年访问瑞金题诗手迹

注释	[1] 绵江：绵江位于瑞金中部，是瑞金的母亲河。
	[2] 云龙桥：宋代为浮桥，名"绵福"；明嘉靖十九年（1540）改作石墩木梁桥，因"桥界青云坊而跨龙池"，故更名"云龙桥"；清康熙三十六年（1697）改成十二墩十一孔红条石拱桥，1988年对多孔坍塌的瓮门按原貌修复。迄今已有460多年历史，有"绵贡江流第一桥"之称。1988年8月列为瑞金市文物保护单位。
	[3] 白塔：即瑞金龙珠塔。坐落于瑞金市区西南、绵江河畔。龙珠塔始建于明代万历三十年（1602），清代道光十八年（1838）西关杨氏捐资重修，1934年再次维修，并以塔为中心辟建犁公园。
	[4] 叶坪：叶坪是中华苏维埃共和国的诞生地，距城区5千米，是全国保存最为完好的革命旧址群之一。属国家5A级旅游景区。景区内现保存着革命旧址和纪念建筑共22处。
	[5] 沙坝：即瑞金沙洲坝革命旧址群，1933年4月至1934年7月，中央机关从叶坪搬迁至沙洲坝，成为中央革命根据地的心脏。
	[6] 谒者：负责接待宾客的人。此处应指参观者。
	[7] 三座山：指我国新民主主义革命时期的三大敌人，即帝国主义、封建主义和官僚资本主义。
	[8] 俦：伙伴。

作者简介

董必武（1886—1975），原名董贤琮，又名董用威，字洁畲，号壁伍，湖北黄安（今红安）人。中国共产党的创始人之一，伟大的马克思主义者，杰出的无产阶级革命家，党和国家的卓越领导人，中国社会主义法制的奠基者之一。抗战时期曾任中共中央南方局常委，副书记等职。新中国成立后历任最高人民法院院长、中华人民共和国副主席等职。主要著作有《董必武选集》《董必武政治法律文集》《董必武诗选》《董必武年谱》。

作品赏析

江西瑞金中央革命根据地纪念馆，又名中央革命根据地历史博物馆，位于瑞金市象湖镇龙珠路1号，是一所为纪念土地革命战争时期中国共产党领导创建中央革命根据地和中华苏维埃共和国而建立的纪念性博物馆。董必武1960年访问瑞金题诗手迹，为国家一级文物，现手迹藏于江西瑞金中央革命根据地纪念馆。该题诗为横长方形，纵0.99米，横2.02米，用墨汁从右至左直排书写，书法雄健遒劲、淳厚圆润，诗文气势豪放、一气呵成。

这组诗作于1960年11月，董必武带着党中央和中央人民政府对老区人民的关怀专程从北京回到瑞金，先后重访了叶坪、沙洲坝、云石山等革命遗址。重新踏足旧地，昔日时光犹如画卷般在眼前缓缓展开，心中涌起无限回忆，那一刻，董老似乎又回到了那个战火纷飞、激情燃烧的年代，回到了老一辈无产阶级革命家为实现共和国理想呕心沥血、无私奉献的岁月。怀揣着对共和国美好明天的展望，董老有感而发，即兴赋诗四首。开篇以瑞金的山水风光为引子，回忆了共和国成立的艰难历程，流露出对瑞金革命老区的深厚情感。诗中以景抒情、情景相融，整首诗情感真挚，语言朴实无华。通过生动的画面描绘了瑞金的自然风光和峥嵘岁月，展现了瑞金作为革命圣地的独特魅力和深远影响，高度肯定了瑞金在中国革命史上的突出贡献与崇高地位，表达了对革命先烈的崇高敬意和对革命精神的无限敬仰。

景点链接

瑞金中央革命根据地纪念馆：又名中央革命根据地历史博物馆，位于瑞金市象湖镇龙珠路1号，占地面积68亩，建筑面积10100平方米，是一所为纪念土地革命战争时期中国共产党领导创建中央革命根据地和中华苏维埃共和国而建立的纪念性博物馆。1958年，瑞金中央革命根据地纪念馆正式开馆。2004年进行改扩建，2007年竣工并免费对外开放。2007年10月，江泽民同志题写馆名"中央革命根据地历史博物馆"，该馆是瑞金市人民政府直属副处级事业单位。瑞金中央革命根据地纪念馆是全国爱国主义教育示范基地、国家一级博物馆、全国中小学生研学实践教育基地、全国关心下一代党史国史教育基地、全国红色旅游经典景区、江西高校红色育人实践基地等。

2015年7月，瑞金中央革命根据地纪念馆管辖的"共和国摇篮"（由叶坪景区、红井景区、"二苏大"景区、中华苏维埃纪念园组成）景区被评为国家5A级旅游景区。

红井景区：位于江西省瑞金市沙洲坝村。1933年4月，毛泽东随临时中央政府从叶坪迁来沙洲坝后，发现这个地方的群众饮水非常困难。毛泽东为避免群众长期饮用脏塘水，便实地勘察并寻找地下水源。9月的一天，他带领干部、红军官兵与当地群众一道开了这口井。红军主力长征后，国民党军一次次用砂石填塞这口水井，沙洲坝人民为护井与之进行顽强的斗争。1950年，为迎接中央南方老根据地慰问团的到来，瑞金人民重修了这口井，并取名"红井"。同时还在井边立了一块石碑，上书"吃水不忘挖井人，时刻想念毛主席"，以表达人民群众对毛主席和红军的思念之情，他们高兴地唱道："红井水甜又清，见到红井想亲人；红井清泉育万代，代代永做革命人。"

2015年，国家旅游局将江西瑞金的叶坪、红井、"二苏大"等景区合并为瑞金"共和国摇篮"5A级景区。

2023年1月，入选"人民治水·百年功绩"治水工程项目名单。

2023年4月，被确定为第五批国家水情教育基地。

红井

叶坪老樟树^[1]

李一氓

屋后百年樟，盘虬^[2]散木香。

随枝系战马，纵笔听寒蜇^[3]。

久别如亲故，感怀益劲苍。

重来绵水老，难以纪流光。

瑞金·二苏大会址

注释

[1]老樟树：原苏维埃中央办公厅后大樟树数株，树龄皆为数百年，现仍极为茂盛。

[2]盘虬：虬，古代传说中的一种龙；像虬龙那样盘曲，蜷曲。

[3]寒蜇：一种蝉。

作 者 简 介

李一氓（1903—1990），又名李民治，四川彭州人。无产阶级革命家、外交家、学者、诗人、书法家和收藏家。1925年加入中国共产党。土地革命战争时期，曾任中共中央宣传部文化工作委员会委员、中华苏维埃共和国临时中央政府国家政治保卫局执行部部长等职，参加了中央红军长征。到达陕北后，曾任中共陕甘省委、陕甘宁省委、陕西省委宣传部部长等职。著有《一氓题跋》《存在集》《击楫集》等。

作 品 赏 析

这首诗收于李一氓的《击楫集》。1932年秋冬之际，李一氓兼理《红色中华》编辑事，于发稿日必乘马自瑞金至叶坪，常系马于老樟树下。三十年后（1962），李一氓重访瑞金时所作。故地重游，触景生情，此诗是对当年在叶坪编辑《红色中华》情景的回忆和感怀。《红色中华》是中国共产党早期红色政权建设的记录者、宣传者，更是中国人民革命事业早期的见证者。

诗人重游叶坪，老樟树树干粗壮、枝繁叶茂，树龄超过千年，其悠久的历史见证了瑞金的沧桑巨变。老樟树不仅是一棵普通的树，更是瑞金人民坚韧不拔、自强不息精神的象征。老樟树，苍劲茂密，"久别如亲故，感怀益劲苍。"正如作者所言，它承载着的是厚重的历史，是岁月的痕迹，久别重逢，恰似故人，让人感到亲切和温暖。老樟树历经风雨洗礼，依然屹立不倒，展现出顽强的生命力和不屈不挠的精神风貌。全诗主旨明确，意境深远，情景交融，品读之际，令人自然而然地回想起往昔那段波澜壮阔的岁月，深切传达了诗人对在瑞金度过的那段时光的深切怀念与强烈情感。

别梅坑

林伯渠

1934年10月冬，梅坑[1]出发（长征）之前夕，何叔衡[2]同志备清酒花生约作竟夕谈，临行前以其身着之毛衣见赠，诗以记之。

共同事业尚艰辛，清酒盈尊[3]喜对倾。

敢为叶坪弄政法，欣然沙坝搞财经。

去留心绪都嫌重，风雨荒鸡盼早鸣。

赠我绨袍[4]无限意，殷勤握手别梅坑。

注释	[1]梅坑：在江西省瑞金市石云乡的梅坑村。
	[2]何叔衡：何叔衡（1876—1935），字玉衡，号琥璜，宁乡人。无产阶级革命家，中共一大代表，中国共产党创始人之一。曾任中华苏维埃共和国中央执行委员会委员、临时中央政府工农检察人民委员、代理内务人民委员、临时最高法庭主席等职。1934年10月，中央红军主力长征后，何叔衡奉命留在中央革命根据地坚持游击战争。1935年2月24日，在从江西转移福建的长汀突围战斗中，面对敌人的围追堵截，何叔衡体力不支，为了不拖累同伴，纵身跳下悬崖，壮烈牺牲，践行了"我要为苏维埃流尽最后一滴血"的铮铮誓言，时年59岁。
	[3]盈尊：满杯，"尊"同"樽"。
	[4]绨袍：质地粗厚的衣服，后作为眷念故旧的典故。

作者简介

林伯渠（1886—1960），原名林祖涵，字邃园，号伯渠，湖南临澧人。与董必武、徐特立、谢觉哉、吴玉章并称"延安五老"。中国共产党和中华人民共和国德高望重的卓越领导人之一，伟大的马克思主义者，杰出的无产阶级革命家和政治活动家。其著述主要收入《林伯渠文集》。

作品赏析 ·······················

　　1934年10月，中央红军即将出发，开始漫长的长征前夕。林伯渠来到位于瑞金云石山乡的梅坑村，与老战友何叔衡共饮话别。两人就着简陋的酒菜，一直畅谈到深夜。临别时，何叔衡特意将身上的毛衣脱下，赠给林伯渠作为临别纪念，之后两人握手分别。林伯渠在这首诗中描述了这段故事，表达了对好友何叔衡的依依惜别之情，同时也体现了对未来事业充满信心的革命乐观主义精神。

于都县

七律·长征

毛泽东

红军不怕远征难，万水千山只等闲[1]。

五岭[2] 逶迤[3] 腾细浪，乌蒙[4] 磅礴走泥丸。

金沙[5] 水拍云崖[6] 暖，大渡桥[7] 横铁索寒。

更喜岷山[8] 千里雪，三军[9] 过后尽开颜。

● 这首诗最早收入埃德加·斯诺著《西行漫记》。后经作者同意，正式发表于《诗刊》1957 年 1 月号。

长征渡口

<table>
<tr><td rowspan="2">注
释</td><td>[1]等闲：平常。</td></tr>
<tr><td>[2]五岭：指越城岭（湘桂间）、都庞岭（湘桂间）、萌渚岭（湘桂间）、
骑田岭（湘南）、大庾岭（赣粤间，腹地在江西大余县）等五岭的总
称，横亘在湖南、两广、江西之间。</td></tr>
<tr><td></td><td>[3]逶迤：弯曲延伸的样子。</td></tr>
<tr><td></td><td>[4]乌蒙：山名，在贵州西部与云南东北部的交界处，海拔2300米左右。</td></tr>
<tr><td></td><td>[5]金沙：金沙江，长江上游。</td></tr>
<tr><td></td><td>[6]云崖：高耸入云的山崖。</td></tr>
<tr><td></td><td>[7]大渡桥：大渡河的泸定桥。大渡河，源出青海、四川交界处的果洛山，
流入岷江。泸定桥在四川泸定县，由13根铁索，悬挂两岸，上铺木板。</td></tr>
<tr><td></td><td>[8]岷山：位于甘肃省西南部、四川省北部，是长江与黄河的分水岭，岷江
与嘉陵江的发源地。</td></tr>
<tr><td></td><td>[9]三军：泛指红军。作者自注："三军：红一方面军、二方面军、四方面
军。不是海陆空三军，也不是古代晋国所说的上军、中军、下军的三
军。"</td></tr>
</table>

作品赏析

《七律·长征》写于1935年10月，当时毛泽东率领中央红军越过岷山，长征即将结束。回顾长征一年来所战胜的无数艰难险阻，毛泽东满怀豪情地写下了这首诗。此诗高度概括了红军长征的战斗历程，描绘了红军的英雄形象："红军不怕远征难"，对万水千山等闲视之；蜿蜒曲折、连绵不断的五岭不过是翻起的小细浪，广大无边、气势雄伟的乌蒙山不过是滚动的小泥丸；不惧急流巧渡金沙江，不畏严寒飞夺泸定桥；翻过白雪皑皑的千里岷山，红军战士个个喜笑颜开。全诗充满了革命英雄主义和乐观主义精神，也展现了作者对革命胜利的坚定信念。

景点链接

中央红军长征出发地纪念园：于都县在县城渡江大道东段规划建设了中央红军长征出发地纪念园，占地面积200亩，由全国重点文物保护单位——中央红军长征出发地旧址于都县城东门渡口、中央红军长征出发纪念碑、游客中心、主题雕塑、集结广场、纪念广场、长征五号火箭模型、中央红军长征出发纪念馆、新长征广场等组成，贯穿其中的步行道像一条飞舞的红飘带将各部分连在一起。中央红军长征出发地纪念园获评第三批全国爱国主义教育示范基地、全国青少年教育基地、国家4A级旅游景区、第二批国家国防教育示范基地、全国社会科学普及基地，并已列入全国30条红色旅游精品线路，是重要的红色研学基地。

中央红军长征集结出发地纪念馆：这是目前全国唯一一处展示中央红军长征出发历史的专题性纪念馆，占地面积1100平方米，建筑面积2200平方米。展厅分为两层，一楼为长征出版物博览中心，集长征出版书籍、音像制品展示、VR/AR体验及红色课堂于一体；二楼陈列采用文字、图表、照片、声、光、电等现代化手段，直观展示中央红军出发长征的历史，再现中国革命伟大转折及苏区人民支援红军的历史场景。

信丰县

赣南游击词·一九三六年夏

陈毅

天将晓，队员醒来早。

露侵衣被夏犹寒，树间唧唧鸣知了。满身沾野草。

天将午，饥肠响如鼓。

粮食封锁已三月，囊中存米清可数。野菜和水煮。

日落西，集会议兵机。

交通晨出无消息，屈指归来已误期。立即就迁居。

夜难行，淫雨苦兼旬。

野营已自无篷帐，大树遮身待晓明。几番梦不成。

天放晴，对月设野营。

拂拂清风催睡意，森森万树若云屯。梦中念敌情。

休玩笑，耳语声放低。

林外难免无敌探，前回咳嗽泄军机。纠偏要心虚。

叹缺粮，三月肉不尝。

夏吃杨梅冬剥笋，猎取野猪遍山忙。捉蛇二更长。

满山抄，草木变枯焦。

敌人屠杀空前古，人民反抗气更高。再请把兵交。

讲战术，稳坐钓鱼台。

敌人找我偏不打，他不防备我偏来。乖乖听安排。

靠人民，支援永不忘。

他是重生亲父母，我是斗争好儿郎。革命强中强。

勤学习，落伍实堪悲。

此日准备好身手，他年战场获锦归。前进心不灰。

莫怨嗟，稳脚度年华。

贼子引狼输禹鼎，大军抗日渡金沙。铁树要开花。

信丰油山上乐塔

作者简介

陈毅（1901—1972），原名陈世俊，字仲弘，四川乐至人。全国人民尊敬和爱戴的老一辈无产阶级革命家，第八届中央政治局委员，国务院原副总理，中华人民共和国元帅，中共中央军委副主席。部分论述收入《陈毅军事文选》，还擅长写诗词，作品收入《陈毅诗词选集》。

作品赏析 ···

油山，位于江西省南部，坐落在信丰、大余、南雄三县的交界处，主峰1073米，高耸入云，在方圆几百里的油山，四周山峰连绵起伏，松竹青翠茂密。信丰油山游击战旧址，这里有上乐塔、赣南游击词主题园、陈毅疗伤处、中共赣粤特委旧址、广东省委旧址、"朱老表"故居、"李老表"故居、革命烈士纪念园等市县爱国主义教育基地。

这首词是陈毅1936年夏季所写。它记下了中国革命史上一段难忘的史实。1935年3月，项英、陈毅从于都上坪出发抵达信丰油山镇，并以此为中心在赣粤边进行了三年的游击战争。1936年夏天，受敌人的清剿以及突发恶劣天气的影响，游击队的粮食断绝，只能摘野果、采野菜、剥竹笋充饥。赣南地下党组织群众冒着生命危险，利用每月初一和十五开禁进山砍柴的机会，将大米藏在挑柴的竹杠中，把食盐溶进棉袄里，设法丢在山上，由游击队捡取。春末夏初，陈毅在油山秘密据点吃着从山上"捡"来的大米饭，感慨万千，写下了这首描述了当年游击战争艰苦环境的《赣南游击词》。

景点链接

赣南游击词主题园：位于江西省赣州市信丰县油山镇坑口村。该园是集纪念、传承、体验、休闲、康养等功能于一体的红色生态教育基地，是一座以"红色为魂、山水为景、生态宜居"的乡村文化旅游基地，这里有游击秘道，陈毅露营处，瞻仰红军指挥中心，身临其境地感受游击战争的场景，聆听游击故事，追忆峥嵘岁月。

长征歌 [1]

陆定一、贾拓夫

十月里来秋风凉，中央红军远征忙；

星夜渡过于都河，古陂新田打胜仗。

十一月里走湖南，宜临蓝道一齐占；

冲破两道封锁线，吓得何键狗胆寒。

十二月里过湘江，粉碎蒋贼"天罗网"；

一场恶战见分晓，红军英勇天下仰。

一月进入贵州地，军取乌江到遵义；

遵义会议载史册，保证长征得胜利。

二月里来到扎西，部队改编好整齐；

从此恢复运动战，再与蒋贼分高低。

三月打回贵州省，二次占领遵义城；

主动在手威风凛，痛歼薛岳两师兵。

四月里来奋长鲸，佯攻贵阳围昆明；

主力巧渡金沙江，敌军蠢随难望尘。

五月飞渡泸定桥，勇攀铁索跨波涛；

翼王悲剧今已矣，大渡河上红旗飘。

六月里来天气热，夹金山上还积雪；

一四两个方面军，懋功鼓乐云霄彻。

七月进入川西北，黑水芦花青稞麦；

艰苦奋斗为那个，为了人民新中国。

八月草地污水逐，无人无鸟无乔木；

干粮不足宰军马，班佑惟一牛粪屋。

九月出发潘州城，陕甘支队东北行；

腊子口险六盘高，打了步兵打骑兵。

二万里长征到陕北，南北红军大会合；

驱逐日寇歼蒋贼，创立人民共和国。

一九三五年十月于吴起镇

注释 | [1]长征歌：原名《中央红军远征胜利歌》，简称《长征歌》，此歌镌刻在江西赣州市于都县河畔的中央红军长征出发纪念碑围栏上。此处选自《陆定一文集》中的版本。1983年4月，陆定一曾对此版的《长征歌》作过如下说明："这个歌，是红军第一方面军（陕甘支队）到达吴起镇（现称吴旗县）后，与贾拓夫同志合编，供军民歌唱的。时为一九三五年十月，即四十八年前了。这个长征，历十三个月。故作十三段。这个长征，与二、四方面军的长征，艰苦卓绝，震惊世界。遵义会议确立了毛泽东同志的领导。没有好领导，长征不能胜利，中国革命不能胜利。毛泽东同志的伟大功绩永垂史册。今年是毛泽东同志诞生九十周年。将此歌加以润色，再次发表，作为纪念。书赠共产主义青年团江苏省委"

作者简介

陆定一（1906—1996），江苏无锡人。伟大的共产主义战士，杰出的无产阶级革命家，中国共产党宣传思想阵线的卓越领导人。1925年加入中国共产党，1926年毕业于上海交通大学。著有《陆定一文集》等。

贾拓夫（1912—1967），原名贾耀祖，又名红光，字孝先，陕西神木人，被毛泽东誉为"陕北的才子"。坚定的马克思主义者，优秀的共产党员，新中国经济战线上杰出的领导人之一。1928年加入中国共产党。

作 品 赏 析

这首歌是1935年10月陕甘支队到达吴起镇后，陆定一与贾拓夫合作，供军民歌唱的。这首歌共分13段，其内容反映的是中央红军从1934年10月开始长征至1935年9月到达陕北历时12个月，跋山涉水的二万五千里历程。其内容不仅系统、简要、生动地记录了整个长征沿途重要的战斗和事件，颂扬了长征途中红军大无畏的英雄气概，并积极宣传了中国共产党的统战政策，吹响了抗战的号角，因而一经问世，迅速在根据地"走红"，成为广大军民争相传唱的对象。

景 点 链 接

长征第一仗·百石战斗遗址： 位于江西赣州市信丰县新田镇。1934年10月，中央红军主力部队顺利渡过于都河，开始了举世闻名的长征。10月下旬，红三军团第四师作为先头部队，挺进百石村，打响了红军长征第一仗——百石战斗。随后几天内，多路军团先后突破了国民党军设置的第一道封锁线，取得万里长征的第一场胜利。这场胜仗背后，也传递出长征必胜的信号。百石战斗后，陆定一写下"十月里来秋风凉，中央红军远征忙。星夜渡过于都河，古陂新田打胜仗"的豪迈诗篇。

会昌县

清平乐·会昌[1]

毛泽东

东方欲晓，莫道君行早[2]。踏遍青山人未老[3]，风景这边独好[4]。

会昌城外高峰[5]，颠连直接东溟[6]。战士指看南粤[7]，更加郁郁葱葱。

● 这首词最早发表于《诗刊》1957年1月号。

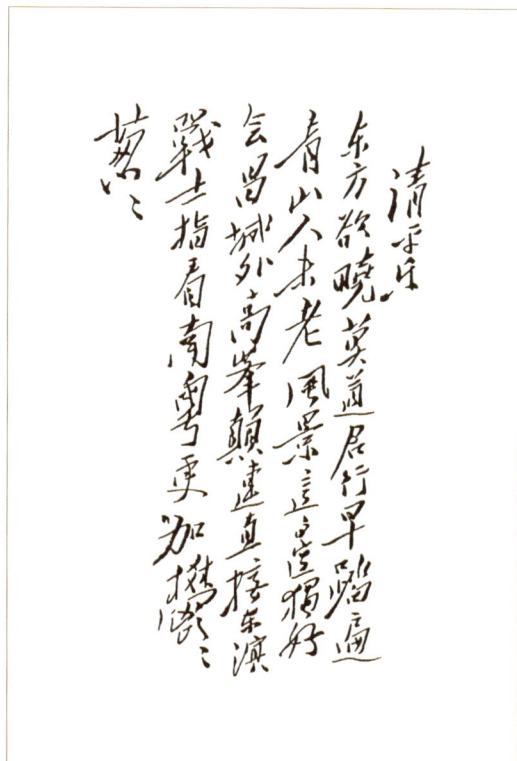

毛泽东手书《清平乐·会昌》

注释

[1]会昌：江西赣州市辖县，东接福建，南邻寻乌县通广东。为了向西南扩大苏区，在南方战线上对付广东、广西诸敌军，开发钨矿和发展出入口贸易，同时也因为中央根据地内江西省区域较大，指挥不便，1933年8月，中华苏维埃共和国临时中央政府人民委员会第四十八次会议决定，在江西最南端建粤赣省，省政府即设在会昌。

[2]莫道君行早：旧谚"莫道君行早，更有早行人。"本句中的"君"指作者自己。

[3]踏遍青山人未老：作者自注，"一九三四年，形势危急，准备长征，心情又是郁闷的。这首《清平乐》，如前面那首《菩萨蛮》一样，表露了同一的心境。"本句的"人"指作者自己。

[4]这边：指革命根据地。强调这里看到的风景特别好。

[5]会昌城外高峰：指会昌城西北的会昌山，又名岚山岭。作者曾回忆说："会昌有高山，天不亮我就去爬山。"

[6]颠连：困苦，起伏不断。东溟：东海。

[7]南粤：古代地名，也叫南越，在今广东、广西一带。这里指广东。

作 品 赏 析

　　这首词是1934年夏天作者在中共粤赣省委所在地——会昌进行调查研究和指导工作时所作。1933年9月，蒋介石指挥国民党部队的百万人向中央苏区周边革命根据地发起了第五次大"围剿"。由于毛泽东已被调离领导岗位，他的一系列战略战术得不到实行，红军遭到接二连三的失利，中央根据地危在旦夕。1934年7月，敌人重兵开始向中央根据地中心地区推进。就在这个危急时刻，毛主席仍在江西会昌搞调查研究，7月23日凌晨，毛泽东登临了会昌县城西北的会昌山（也叫岚山岭），面对着祖国壮丽山河，在黎明的清风中感慨万千，遂吟词一首以展心曲。词中充满豪迈气概，表达了对革命胜利的乐观精神和坚定信念。

景点链接

　　会昌山：会昌山原名明山、南山、岚山，俗称岚山岭。坐落在会昌县城西、贡江北岸，与老城区仅一水相隔，是会昌县城西北隅的天然屏障。这里冬暖夏凉，气候宜人，风光明媚，鸟语花香，自古就是人们避暑休闲的游览胜地，历代文人骚客留下很多题咏："万里碧云净天宇，千山木叶堕霜红"；"回顾茫茫意无限，高歌一曲夕阳风"；"崎岖上山颠，蜿蜒入天半"；"塔影倒清影，汇流奔白练"。会昌山海拔400.1米，周围30公里，满山绿树，郁郁葱葱，是江西省级森林公园。平地拔起，一山雄立，岩幽林深，风景奇秀，由毛泽东的词《清平乐·会昌》而得名，更因毛泽东这首光辉词章的发表而驰名中外。

　　风景独好园：位于江西省赣州市会昌县，取名于词篇中的"风景独好"四字。风景独好园以毛泽东同志旧居和粤赣省委旧址群为灵魂，建设了"峥嵘记忆、民艺乡情、山水人家、运动娱乐、文化商业街"5个功能板块，拥有全国第一座院落式红色数字陈展馆和江西省第一个具有国际IP的极限运动公园，是集红色文化传承教育、休闲旅游度假、科普田园观光、运动娱乐购物为一体的田园文旅示范区。

会昌风景独好

章贡区

八境台

董必武

直下桐木岭[1]，驱车入赣州。双流章贡合，八境石花收。

矿有钨砂著，材多樟树虬[2]。今年又丰产，欢乐遍山陬[3]。

八境台

注释

[1]桐木岭：桐木岭距茨坪东北面9公里，海拔866米，因满山遍岭桐树而得名。井冈山斗争时期，红军在桐木岭上修筑哨口，桐木岭哨口属著名的五大哨口之一。因此，桐木岭是人文与自然景观相结合的景区。

[2]虬：蜷曲，形容树木盘根错节。

[3]陬：山脚。

作 品 赏 析

八境台，始建于北宋嘉祐年间，位于赣州市城区东北隅的古城墙上，是赣州市文物保护单位。同时，这里也是千里赣江的起点，凭栏遥望，可见两江汇合处江水浩荡。八境台建成后，历代均有修葺，1984年重建时，改建为高28米的三层仿宋代建筑。

1960年11月30日，董必武下井冈山赴赣州登八境台写下了脍炙人口的诗章《八境台》。这首诗通俗易懂，开篇点明游览经过，先在井冈山，然后"直下桐木岭"，风尘仆仆来到赣州。接着写登临八境台所观之景，章江、贡江合流，汇成赣江，滔滔向北流去，环顾八境台所在的公园景色，湖波粼粼，石榴花正开得火红。董老对赣南拥有丰富的资源是非常了解的，提笔写就"矿有钨砂著，材多樟树虬"，足见对赣南的钨矿和樟树的高度赞扬。最后，对夺取工农业生产丰收、人民过上幸福美好的生活充满乐观情绪。

景点链接

八境台：八境台始建于北宋嘉祐年间，位于赣州市老城区东北隅的古城墙上，是赣州市文物保护单位。北宋时期，建造此台的地方官员孔宗瀚曾将登台所见的赣州八景——石楼、章贡台、白鹊楼、皂盖楼、郁孤台、马祖岩、尘外亭和峰山绘成《赣州八境图》，并请苏东坡按图题诗八首。发源于南岭山脉的章江与发源于武夷山脉的贡江，就在台下汇合为赣江。登上此台，赣州八景一览无遗，犹如身临其境，故得名"八境台"。

赣州工人第一次代表大会会议旧址——广东会馆：位于赣州市章贡区西津路。1926年11月初，在中共赣州特别支部领导下，赣州工人第一次代表大会在广东会馆隆重召开。参加大会的有各基层工会和工会支部代表110人，兴国、南康、万安等县的特邀工会代表和农协、学联等革命团体，以及驻军政治部的来宾列席了大会。大会由钟友千主持。赣州总工会筹备处主任陈赞贤作了《筹备工作报告》，萧韶作了关于《赣州总工会组织章程、组织法的起草报告》。大会选举产生了以陈赞贤为委员长，钟友千、萧韶为副委员长的赣州总工会执行委员会。为保障工人运动的顺利开展，会议还批准组建了有500多名工人参加的赣州工人纠察队，萧韶兼任总队长。

2000年6月，被列为赣州市文物保护单位。

2018年3月，被列为江西省文物保护单位。

米汁巷：位于城区北部，北接章贡路中段，与百家岭巷南端口相对，南端于姚衙前，坛子巷、均井巷、凤凰台相汇，巷道北高南低，呈斜坡状，整条巷长105米，宽3～4米。明代嘉靖《赣州府志》与清代同治《赣州府志》均记载有米汁巷之名。米汁巷南段对着均井巷东端口处，原有康公庙。3000多年前的西周年代，康王是十二个王中最体恤人民的一个。历史上另一个关于康王的传说是北宋末年《泥马渡康王》的故事。随着客家人大量迁徙赣南，赣州人对康王的敬仰也是有增无减，泥马渡康王的神话辈辈相传。1937年七七事变爆发之后，国共合作联合抗日，在赣、粤坚持了三年游击战的项英、陈毅以民族利益为重，向国民党当局发出"停止内战、联合抗日"的呼吁。当年9月间陈毅、项英以中共赣粤边特委和中共中央分局名义来到赣州，就在米汁巷专署内与国民党代表进行谈判，达成停止内战共同抗日等协议。20世纪80年代初期电影《梅岭星火》也在这里现场拍摄，再现了当年的故事。

登赣州八境台

郭沫若

三江日夜流，八境岁华[1]遒。

广厦[2]云间列，长桥水上浮。

林材冠赣省，钨产[3]甲神州[4]。

一步竿头[5]进，力争[6]最上游。

注释

[1]岁华：年华。

[2]广厦：宽广高大的房屋。

[3]钨产：赣南是中国钨业的发祥地，号称"世界钨都"。此处是说赣州的钨产量是位列第一，钨产丰富。

[4]神州：指中国。

[5]竿头：竹竿的顶端。比喻至高的境界。

[6]力争：极力争取。

作品赏析

郭沫若的诗篇热情讴歌了八境台的雄伟景色，同时渗透着一种积极进取的精神气质。诗中通过对赣州自然山水和建筑景观的描绘，展现了三江（章江、贡江、赣江）水系昼夜不息的流动之美，八境台随着时间的推移愈发显得壮观。高楼大厦宛若耸立于云端，一座座桥梁轻巧地横跨水面。此地的林木资源在江西省内名列前茅，"钨甲神州""林冠赣省"可见赣南资源之丰富，钨矿产量更是全国翘楚，引人注目。人们持续追求卓越，如同攀爬竹竿，每一步都力求更高，力争在各个领域都达到顶尖水平，保持领先地位。郭沫若的诗篇，正是对赣南这片土地最美好的赞歌，激励着一代又一代的赣州人民为实现更加美好的未来而不懈努力。

景点链接

赣坊1969文创园：前身是赣南纺织厂，位于赣州市章贡区红旗大道63号，占地5.4万平方米。地理位置优越，位于江西理工大学对面。由原具有包豪斯建筑风格的赣南纺织厂通过"修旧如旧"并结合现代装饰艺术改造而成，园区集文化、科技、时尚、艺术、创意、设计、孵化、发布、展示、交易等功能于一体。赣坊1969文创园是江西省文化和旅游厅及发展和改革委员会认定的省重点文化产业园，2017年被评为江西省工业旅游示范点。

楼梯岭革命会议旧址：位于赣州市沙石镇楼梯村上陈屋组陈氏登元堂，建于20世纪初，为土木结构瓦房，面积269平方米。1930年3月，毛泽东、朱德率领红四军从井冈山抵达赣州后，攻赣未克，遂在沙石镇楼梯岭主持召开了红四军前委扩大会议（亦称"楼梯岭会议"）。在审慎分析了当前形势后，前委发布了《关于分兵争取群众的意义及工作路线》的第三号通告，决定利用敌人兵力空虚之机，以3个月为期，在赣南8县、粤东北7县和闽西5县范围内，分兵发动群众，深入土地革命，发展红军，扩大与巩固苏维埃区域，史称"三月分兵"。楼梯岭会议现已成为章贡区党员干部教育培训基地和红色教育的重要场所。

2020年3月，被列为赣州市文物保护单位。

中共中央华南分局扩大会议暨叶剑英住地旧址：位于赣州市章贡区南外街道红环路社区红旗大道63号（赣纺小区内），建于建国前期，是典型的苏式建筑。1949年8月1日，为解放全广东，中共中央决定组成以叶剑英为第一书记的中共中央华南分局。9月7日至20日，叶剑英在赣州南门外的赣县师范学校（原赣南纺织厂内）主持召开了对粤作战会议和华南分局三次扩大会议。会议主要讨论了解放广东的作战计划、党政军各级领导机构的组成和干部配备、支前工作和接管城市政策等问题，并作出了相应的决定，从而为迅速解放广东及整个华南奠定了基础。2020年4月完成布展并对外开放。

2004年12月，被列为赣州市爱国主义教育基地。

2010年2月，被列为赣州市文物保护单位。

2018年3月，被列为江西省文物保护单位。

建军纪念日怀战烈

叶剑英

红军抗日事长征，夜渡于都溅溅鸣。

梁上伯坚来击筑，荆卿[1]豪气渐离情。

注释 | [1] 荆卿：荆轲。

作者简介

叶剑英（1897—1986），原名叶宜伟，字沧白，广东梅县人。无产阶级革命家、政治家、军事家，中华人民共和国的开国元勋，长期担任党、国家和军队重要领导职务的卓越领导人。1927年加入中国共产党。主要著作收入《叶剑英军事文选》和《叶剑英文集》。

作品赏析

1962年建军节前夕，叶剑英在他的寓所中深情地追忆起那些曾经并肩作战的战友们。在这一刻，他的思绪飘回到过去的岁月，特别是想起了刘伯坚。叶剑英回忆起那个难忘的夜晚，他们一起渡过了于都河，那是一段充满艰辛和危险的旅程。在那个特殊的时刻，刘伯坚前来为他们送行，那场面既悲壮又感人。叶剑英元帅在诗中巧妙地引用了战国末期高渐离送别壮士荆轲的历史典故，以此来表达他对刘伯坚的深切怀念。高渐离与荆轲的故事，充满了悲壮和牺牲的精神，这与叶剑英和刘伯坚在长征出发时的情景有着惊人的相似之处。在那个动荡的年代，他们为了共同的理想和信念，不惜一切代价，勇往直前。诗中充满了对战友的怀念和感叹，字里行间流露出对那段艰苦岁月的深刻记忆。通过诗句传达了他对刘伯坚的敬意和感激之情，同时也表达了对所有在革命道路上英勇牺牲的战友们深深的怀念，让人感受到了那个时代的英雄气概和革命精神。

寻乌县

咏兰

朱德

幽兰[1]奕奕[2]待冬开，绿叶青葱[3]映画台。

初放素英[4]珠露坠，香迎十步出庭来。

注释

[1]幽兰：生于幽谷的兰花，借指伍若兰。

[2]奕奕：盛开的样子。

[3]青葱：翠绿的颜色。

[4]素英：白花。

作者简介

朱德（1886—1976），原名朱代珍，曾用名朱建德，四川仪陇人。伟大的马克思主义者，伟大的无产阶级革命家、政治家、军事家，中国人民解放军的主要缔造者之一，中华人民共和国的开国元勋，是党的第一代中央领导集体的重要成员。1955年被授予元帅军衔。其著作主要收入《朱德选集》。

作品赏析

这首诗是朱德于1961年11月19日创作的一首七言绝句。朱德同志一生酷爱兰花。他不仅赏兰、咏兰，还亲手种兰。1962年，朱老总重访井冈山，他把在山上采掘到的兰花，命名为"井冈兰"，并带回中南海栽培。兰，作为我国的传统名花，拥有君子般的风范。它散发出清新而飘逸的幽香，展现出刚柔并济、疏密有致的叶丛，以及端庄素雅的神韵风姿，历来受到人们的推崇和钟爱。兰花不依赖于硕大艳丽的花形来吸引眼球，而是以其"寸心原不大，无人亦自芳"的高尚品格，赢得了古今众多赞赏和吟咏。而曾经统率千军万马，运筹帷幄的朱老总之所以一往情深钟情兰花，原因还不仅是这个，还因为那亭亭的兰花，寄托了他对好战友、好妻子——伍若兰的无限思念。

　　伍若兰（1903—1929），湖南耒阳人。出身于大革命时期一个非常活跃的知识分子家庭。毕业于湖南省立第三女子师范学校。1926年参加革命并入党。1928年湘南暴动，获得解放的耒阳县城经常活跃着一位大脚、健壮、短发的女宣传员。一次偶然的机会朱德听了她才华横溢、富有魄力的演讲，一打听，才知她是革命军政治部的伍若兰，而且两个兄弟也参加了革命军。经人介绍，25岁的伍若兰与朱德在耒阳结婚，并一同上了井冈山。1929年，红四军向赣南、闽西进军。由于大余战斗失利，红四军屡屡遭遇险境。1月30日在安远孔田得知敌李文彬两个团夹击红军，便立即改变攻打安远县城的计划，连夜向寻乌境内转移，2月1日进抵寻乌吉潭的圳下村宿营。2日凌晨，敌刘士毅部偷袭红四军军部。当敌人冲进圳下村时，贺子珍听到枪响，忙喊"有紧急情况"。还在睡梦中的毛泽东听到喊声，赶忙披衣下床，正在吃饭的陈毅，被突然冲上来的敌人一把揪住，陈毅急中生智顺势将大衣盖住敌人脑袋，来了个"金蝉脱壳"，趁机脱身。伍若兰为掩护朱德突围，手持双枪，左右开弓。朱德的警卫员不幸中弹身亡，朱德迅速摘下警卫员的冲锋枪，在敌我交错中与伍若兰并肩战斗。伍若兰身负重伤，落入敌人魔掌。敌人知道她是朱德的夫人，便逼问她："朱德呢？"她往远方一指说："往那边去了！"敌人又指着朱德问："他是谁？"伍若兰镇定地回答："他是伙夫。"……朱德脱险了，落入敌手的伍若兰却于1929年2月12日在赣州卫府里英勇就义。

　　这首诗从兰花的形态和特点来描写兰花之美。这株幽静的兰花亭亭玉立，正等待着冬天的到来而绽放，它那翠绿的叶子郁郁葱葱，添了一抹生动的色彩。当兰花初绽放时，素白的花瓣上点缀着晶莹的露珠，如同珍珠般滚落。而那清幽的香气，更是能随风飘散至十步之外，仿佛引领着人们走出庭院，去探寻那芬芳的源头。全诗以清新自然的笔触描绘兰花的幽美之姿，同时，诗中蕴含的情感也显得尤为真挚动人。

景点链接

　　寻乌县革命历史纪念馆（毛泽东寻乌调查纪念馆）：1930年5月，毛主席在寻乌进行了大规模的社会调查——寻乌调查。在做调查的同时写下了《反对本本主义》一文，首次提出了"没有调查，没有发言权"的著名论断。纪念馆位于江西省赣州市寻乌县长宁镇中山路136号，成立于1968年6月，始建名为"寻乌县革命委员会宣传毛主席在寻乌革命活动委员会办公室"，同年11月正式对外开放，馆内有寻乌调查专题陈列、毛泽东同志旧居陈列、红军医院旧址陈列、红四军大队以上干部会议旧址陈列等四个陈列。

　　1974年，更名为寻乌县革命历史纪念馆。

　　2003年，中央军委原副主席张震上将题写"毛泽东寻乌调查纪念馆"馆名。

　　2015年3月，被中宣部命名为"全国爱国主义教育示范基地"。

大余县

咏梅

何香凝

南国^[1]有高枝，先开岭上梅^[2]。

临风^[3]高挺立，不畏雪霜吹。

> **注释**
> [1]南国：指南方。
> [2]岭上梅：即大庾梅岭古道上的梅花。
> [3]临风：迎风。

作者简介

何香凝（1878—1972），原名谏，又名瑞谏，自号棉村居士，别号双清楼主。出生于香港，原籍广东省南海县棉村。中国民主革命的先驱，民革主要创始人、艺术家，中国近现代集社会活动家与艺术家于一身的伟大女性。为中国人民的解放事业和新中国的成立，为国家的社会主义建设和民族统一大业，为中国人民与世界各国人民的友好事业作出了重大贡献，在海内外享有崇高威望。

作品赏析

梅关古道南坡的"半山亭"旁有一块勒石，勒石上面镌刻着何香凝的《咏梅》。1926年10月，北伐军攻克武汉，国民政府决定迁都武汉。随后，国民政府派宋庆龄、何香凝等人组成前线考察慰问团。11月21日，他们从广东南雄向江西大余进发。下午4时许，何香凝一行登上梅岭，他们站在梅关关口，只见岭南岭北梅树众多，好一片怡人景象。初绽的梅花让何香凝想到北伐战争的艰难曲折和革命志士坚定的革命精神，便吟诗一首，题为《咏梅》。首句揭示了梅花所在地——岭上梅，位于南方那片温暖的土地上，那里生长着高大的树木。在这些树木中，最先绽放花朵的是山岭之巅的梅花。尾句则描绘了梅花那不惧严寒的高洁品质。它迎着寒风挺立，毫不畏惧漫天飞舞的雪花和严酷的霜冻，展现出坚韧不拔、傲骨铮铮的品格。

───── 景点链接 ─────

梅岭：梅岭，即五岭之东者大庾岭山脉的古代要塞部位（庾岭）。梅岭古道（也称梅关古道）位于广东南雄市市区——江西省大余县县城之间。由赣州乘车一路南下，过赣粤边界入广东境内的南雄城，秀丽的梅岭就在这两省的交界处，梅关也就在梅岭之巅。梅关古驿道存世2000多年，这里古往今来都是兵家必争之地，在革命战争年代，古驿道所在的梅岭是一座革命名山，脍炙人口的《梅岭三章》《登大庾岭》《偷渡梅关》等就是陈毅元帅在梅岭坚持艰苦卓绝的三年游击战争中留下的壮丽诗篇。

带镣行

刘伯坚

带镣长街行，蹒跚[1]复蹒跚，市人争瞩目，我心无愧怍[2]。

带镣长街行，镣声何铿锵[3]，市人皆惊讶，我心自安详。

带镣长街行，志气愈轩昂[4]，拚[5]作阶下囚，工农齐解放。

> **注释**
>
> [1]蹒跚：行走缓慢的样子。
>
> [2]愧怍：惭愧。
>
> [3]铿锵：象声词，有响亮和激越的意思。
>
> [4]轩昂：高耸，扬起的样子。
>
> [5]拚（biàn）：舍弃，不顾一切。

作者简介

刘伯坚（1895—1935），原名永福，祖籍江西，出生于四川平昌县。中国共产党早期优秀党员，中国工农红军早期优秀将领，无产阶级革命家。辛亥革命前夕，他目睹国是日非、民不聊生的惨状，暗自许下济世救民的理想，从此投身"生是为中国，死是为中国"的革命洪流。1922年，加入中国共产党。1931年，任红军第五军团政治部主任。

作品赏析

《带镣行》一诗是革命烈士刘伯坚在英勇就义前写下的。1935年3月4日，刘伯坚率部于都南部向赣粤边界的油山方向突围时，身中数弹，不幸被捕。在移狱途中，敌人故意押着身负重伤、拖着沉重脚镣的刘伯坚从闹市走过，借此炫耀战功、威吓群众、瓦解刘伯坚的斗志。但刘伯坚昂首挺胸，大义凛然，不断向路旁群众微笑点头，表现出宁死不屈的英雄气节。当天晚上，刘伯坚怀着对敌人的满腔怒火，在狱中写下了绝唱《带镣行》。

我拖着沉重的脚镣，在漫长的街道上艰难前行，尽管步伐蹒跚，却坚定不移，屡次跌倒又重新站起。街道上的行人纷纷投来好奇的目光，但我心中没有丝毫的羞愧与不安。

我身负脚镣，行走在长街上，那脚镣发出的铿锵之声，激起了路人的惊讶与侧目。然而，我的内心却异常平静，不受外界干扰。

我佩戴着脚镣，在这长街上昂首阔步，我的意志因此更加坚定。即便沦为囚徒，我也心甘情愿，因为我深信，这样的牺牲将为工农大众带来解放与自由。

这首诗描绘的是一位戴着脚镣在长街上坚定行走的英雄形象，以及他内心的无畏与高尚情操。

梅岭三章

陈毅

一九三六年冬，梅山被围。余伤病伏丛莽间二十余日，虑不得脱，得诗三首留衣底。旋围解。

其一

断头今日意如何？创业艰难百战多。

此去泉台招旧部，旌旗[1]十万斩阎罗。

其二

南国烽烟正十年，此头须向国门悬。

后死诸君多努力，捷报飞来当纸钱。

其三

投身革命即为家，血雨腥风应有涯[2]。

取义成仁今日事，人间遍种自由花。

注释
[1]旌旗：旗帜。
[2]有涯：有边际，有限。《庄子·养生主》："吾生也有涯，而知也无涯。"

作品赏析

1934年10月，中央主力红军长征后，留在苏区坚持斗争的红二十四师和地方武装共1.6万人遭到国民党四十六师残酷"围剿"，大部损失。何叔衡、毛泽覃等党和红军的高级干部在突围中牺牲，瞿秋白和刘伯坚被俘后遇害。敌人占领中央苏区后，残酷杀戮革命干部和群众。突围出来的少数部队会同地方武装和敌人打起了游击。陈毅因为在兴国老营盘战斗中负重伤，未能参加长征，于1935年2月来到了位于赣南的油山地区和梅岭，在敌我力量极其悬殊的情况下，开始了艰苦卓绝的三年游击战争。1936年冬，陈毅旧部陈海叛变，引诱陈毅等下山。陈毅不知是计，一大早来到县城，当他们距离交通站只有三四十米远时发现了危险，最后在一妇女的帮助下撤回梅岭，潜伏莽丛间二十多天。陈毅为摆脱"围剿"搜捕，藏身于斋坑的岩壁丛莽中，在斋坑的一处山坳里用毛竹支撑一个窝棚，高仅1米，面积只有2平方米。窝棚用藤蔓覆盖，一条隐蔽山道迂回即可到达。敌人虽近在咫尺，但终未发现，于是恼羞成怒地放火烧山。陈毅自知难免一死，便写下《梅岭三章》，藏于棉衣内层，以示绝笔。诗人虽身处绝境，然意志坚定，性格刚毅，蕴含着勃勃生机，展现出激昂的革命热情和不懈的战斗精神。全诗情景交融，用词凝练，感情真挚，意蕴深厚，此诗堪称革命现实主义与革命浪漫主义完美结合的力作。

景点链接

梅岭三章纪念馆：位于大余县南安镇建设村梅山红色文化景区，距离县城7公里。所处位置是南方红军三年游击战争期间中共中央分局、中央政府办事处所在地，是赣粤边游击区的中心区域。作为主要领导人之一的陈毅在梅山斋坑被围时，写下了气壮山河的绝笔诗《梅岭三章》，陈毅隐蔽处距离纪念馆1公里。大余人民为保护珍贵的革命旧址和文物，故建馆加以纪念。馆内设有陈毅元帅诗词专题展厅、中国梦·铁军魂书画展厅、多功能影像厅等。其中，陈毅元帅诗词专题展厅由序厅、"创业艰难百战多""大庾岭上暮天低""弥天烽火举红旗""团结抗日下山来"四个部分组成，并以雕像、大型场景、图片、书籍等各类文物陈列，真实再现了游击战争的光辉历史，弘扬坚定信念、百折不挠、艰苦奋斗的革命精神。

登大庾岭

陈毅

大庾岭上暮天低，欧亚风云望欲迷。
国贼^[1]卖尽一抔土^[2]，弥天烽火举红旗^[3]。

1935 年秋，时闻何梅塘沽协定

注释

[1]国贼：指背叛国家、出卖民族利益的人。
[2]一抔土：借指国土或国家。
[3]弥天烽火：形容战乱频繁、局势动荡。举红旗：象征着革命力量的崛起和斗争的旗帜。

作品赏析

这首诗表达了诗人强烈的革命抗争精神。站在大庾岭上，傍晚的天空显得格外低沉，远望欧亚大陆的风云变幻，令人感到迷茫。国家遭受了内贼的出卖，仿佛连这一片土地都被他们出卖殆尽，而在这漫天烽火之中，红旗高高举起，象征着革命与抗争的力量。整首诗通过鲜明的对比和强烈的情感表达，展现了诗人在国家危难时刻的忧国忧民之情，同时也表达了对革命事业的坚定支持和美好愿景。

宁都县

忆少共国际师 [1]

萧华

少年有志报神州，一万虎犊 [2] 带吴钩 [3]。

浴血闽赣锐 [4] 无敌，长征路上显身手。

卷地狂飙 [5] 不畏死，几战蒋军 [6] 落旄头 [7]。

长忆英勇少共师，队队新兵看不休 [8]。

注释

[1] 少共国际师：1934年，中央革命根据地的逾万名青年热烈响应党的扩大红军的号召，积极加入军队，组建了"少共国际师"，并奔赴前线英勇作战。

[2] 虎犊：泛指一万名青年。

[3] 吴钩：《吴越春秋·阖闾内传》载："吴人杀其二子，以血衅金，遂铸成良钩，献于阖闾。"后特指宝贵锋利的刀剑。

[4] 锐：精锐部队。

[5] 狂飙：急骤的暴风，比喻猛烈的潮流或力量。

[6] 几战蒋军："少共师"成立后，在石城、团村等战斗中英勇奋战，几败蒋介石军队。

[7] 旄头：指敌人的旗帜。

[8] 不休：不停止，不停息。

作者简介

萧华（1916—1985），又名萧以尊，江西兴国人。中华人民共和国开国上将、杰出的政治工作领导者。1928年加入中国共产主义青年团。1930年参加中国工农红军，同年7月转为中共党员。萧华文武兼备，才华出众，著有《怎样进行战时政治工作》《长征组歌》《铁流之歌》等名篇。

作品赏析

少共国际师的全称是中国工农红军少共国际师，在历史上只存在532天。1933年8月5日，少共国际师在江西宁都县跑马场召开成立誓师大会。中革军委代表王盛荣向少共国际师授旗，中国工农红军江西省军区政委李富春宣读了朱德总司令、周恩来总政委的贺电。少共国际师隶属红五军团，下辖三个团，首任师长陈光、政委冯文斌（9月3日由萧华接任），全师指战员平均年龄不到十八岁。少共国际师开赴战场后，在将军殿、团村、广昌、石城等地进行过几十次战斗，仗打得残酷壮烈，部队伤亡很大，尤其是长征途中惨烈的湘江战役后，全师官兵由成立时的八九千人锐减至两千人。

上将萧华这首诗从追忆的角度，回顾了少共国际师在残酷的战争中经受了血与火的洗礼，坚定了信念，磨炼了意志，练就了过硬的本领，他们为革命事业、为民族的独立和解放用尽了全身的力量，流尽了鲜血，他们吸引了大批革命青年投身革命洪流中，一起书写了战火中可歌可泣的革命历史传奇和壮丽的青春诗篇。有志青年在年轻时就立下了报效国家的宏伟志向，并为此付诸行动的英勇形象。在福建和江西的战场上，他们浴血奋战，英勇无敌，锐不可当。在长征的艰难道路上，更是充分展现了他们的英勇与智慧，屡建奇功。面对狂风骤雨般的战斗，他们毫不畏惧，勇往直前，即使面临生死考验也毫不退缩。在与蒋介石军队的多次交战中，他们屡战屡胜，使敌军丢盔卸甲，士气低落。作者常常怀念起那支英勇的少年共产主义师，一支支新兵队伍，他们的身影总是让人看不够。他们年轻而充满活力，怀揣着崇高的理想，为革命事业贡献着自己的青春和热血。全诗弥漫着诗人强烈的革命情感，表达了作者对战场上英勇无畏的战士们以及他们对年少时共同战斗经历的深切怀念。

景点链接

青塘会议旧址暨毛泽东旧居：位于江西省赣州市宁都县青塘镇河背中王陂村新屋，包括毛泽东同志旧居和少共苏区中央局旧址。1931年4月2日，毛泽东以中革军委总政治部主任的身份，在青塘发布《总政治部关于调查人口和土地状况的通知》，《通知》中提出两个重要的口号：一是不做调查没有发言权；二是不做正确的调查同样没有发言权。宁都青塘是毛泽东实事求是思想路线得到升华的重要地。1931年4月17日至18日，毛泽东出席了在青塘召开的中共苏区中央局扩大会议。这次会议是在第二次反"围剿"的战略方针讨论中出现严重意见分歧的背景下召开的。毛泽东提出的"诱敌深入、集中兵力、先打弱敌、由西向东横扫"的战略战术，确保了中央苏区第二次反"围剿"的胜利。

宁都少共国际师旧址：位于宁都县梅江镇黄贯村。1933年2月，中共苏区中央局发出"创造一百万铁的红军"号召后，红军总政治部在宁都固村召开全军青年工作会议，提议创建"少共国际师"。8月5日，少共国际师在博生县（现宁都县）正式成立，成立时八九千人，后增至11000余人，是红军中最年轻的部队。少共国际师出征后，先后参加拿口、将军殿、邱家隘、团村和建宁保卫战、石城保卫战等战斗，英勇顽强、屡建奇功。少共国际师不惧牺牲、勇于奉献，经受住了残酷战争考验，淬炼出"先锋少年、信念坚定、英勇奋斗、百炼成钢"的精神品质，为孕育形成苏区精神、长征精神作出重要贡献，成为中国工农红军和中国青年运动史上的一面光辉旗帜。

忆秦娥·宁都暴动

萧华

暴风雨，宁都城头义旗举。义旗举，气壮山岳，威震寰宇[1]。官兵跟随毛主席，南征北战齐努力。齐努力，犁庭扫穴[2]，红色劲旅。

宁都起义纪念馆

注释

[1]寰宇：宇宙，天下。

[2]犁庭扫穴：穴，老巢。犁庭扫穴即犁平庭院，扫藩巢穴之意。比喻彻底摧毁敌方。明王夫之《宋论·高宗》："即不犁庭扫穴，以靖中原，亦何至日蹙月削，以迄于亡哉。"

作品赏析

1931年12月，被蒋介石派到江西进攻红军的国民党二十六路军在全国抗日反蒋的浪涛推动下，由共产党员、参谋长赵博生和旅长董振堂、季振同等率领，在江西宁都举行起义。起义后改编为红军第五兵团，给红军增添了一支新的红色劲旅。这一正义之举"气壮山岳，威震寰宇"。

这首诗十分形象地描述了宁都起义的历程，在猛烈的暴风雨中，宁都的城头上英勇地举起了起义的旗帜。这面旗帜的举起，气势之壮仿佛能撼动山岳，其威严更是震撼了整个天下。跟随着伟大领袖毛主席的官兵们，他们齐心协力，无论是南下还是北战都毫不懈怠，共同奋斗。这份齐心协力的精神，如同犁庭扫穴一般，势不可挡，他们是那支充满红色力量的精锐部队，勇往直前，所向披靡。诗篇情景交融，体现了红军战士的英雄气概和革命精神，也表达了诗人高昂的革命热情！

景点链接

宁都起义旧址：坐落于江西省赣州市宁都县梅江镇，始建于1916年，原为基督教牧师住宅。旧址院场占地1900余平方米，主楼为两层砖木结构、四坡青瓦顶，外观为西欧式，似罗马建筑，底部有高出地面一米多的防潮防水砖基半地下室做通风层。主体建筑近正方形，室内中间为厅，后部有楼梯，两侧各有二居室；四周环以拱券式回廊。1931年12月14日，国民党二十六路军1.7万多人在赵博生、董振堂、季振同等人率领下，宣布脱离国民党，参加红军，此为著名的"宁都起义"。毛泽东亲笔题写："以宁都起义的精神，用于反对日本帝国主义，我们是战无不胜的。"

1988年，被列入第三批全国重点文物保护单位。现为江西省爱国主义教育基地、中国井冈山干部学院现场教学点。

渔家傲·反第一次大"围剿"

毛泽东

万木霜天红烂漫，天兵怒气冲霄汉[1]。雾满龙冈[2]千嶂[3]暗，齐声唤，前头捉了张辉瓒。二十万军重入赣，风烟滚滚来天半。唤起工农千百万，同心干，不周山下红旗乱[4]。

一九三一年春

作者原注

关于共工头触不周山的故事：

《淮南子·天文训》："昔者共工与颛顼争为帝，怒而触不周之山，天柱折，地维绝。天倾西北，故日月星辰移焉；地不满东南，故水潦尘埃归焉。"

《国语·周语》："昔共工弃此道也，虞于湛乐，淫失其身，欲壅防百川，堕高埋庳，以害天下。皇天弗福，庶民弗助，祸乱并兴，共工用灭。"（韦昭注："贾侍中〔按指后汉贾逵〕云：共工，诸侯，炎帝之后，姜姓也。颛顼氏衰，共工氏侵陵诸侯，与高辛氏争而王也。"）

《史记》司马贞补《三皇本纪》："当其（按指女娲）末年也，诸侯有共工氏，任智刑以强，霸而不王，以水乘木，乃与祝融战，不胜而怒，乃头触不周山崩，天柱折，地维缺。"

毛按：诸说不同。我取《淮南子·天文训》，共工是胜利的英雄。你看，"怒而触不周之山，天柱折，地维绝。天倾西北，故日月星辰移焉；地不满东南，故水潦尘埃归焉。"他死了没有呢？没有说。看来是没有死，共工确实是胜利了。

这首词最早发表在《人民文学》1962年5月号。

注释	[1]霄汉：天空。
	[2]龙冈：在江西省永丰县的南端，南与兴国县相连，西与吉安县相接，是险要的山区。
	[3]嶂：高耸险峻如屏障的山峰。
	[4]不周山下红旗乱：不周山，出处详见作者自注所引《淮南子·天文训》及《史记》司马贞补《三皇本纪》中的有关文字。此处借以喻指国民党反动势力的统治支柱。红旗乱，红旗翻飞、缭乱。指词人展望中的声势浩大的群众革命斗争的景象。

作品赏析

第一次反"围剿"发生在1930年10月至1931年1月初。1930年10月，中原大战结束，蒋介石调集十万大军，进攻江西苏区。10月28日，江西省主席鲁涤平就任总司令。11月2日，他率七个师一个旅兵分三路，以"长驱直入、分进合击"战术进攻赣南。红军则采取"诱敌深入"方针，渐次撤到根据地中部的东固、龙冈一带。12月28日，张辉瓒部三个旅向龙冈推进。29日晚，毛、朱二人发总攻令。30日激战一天，红军全歼十八师一个师部两个旅近万人，并活捉张辉瓒。1931年1月3日，红军又攻击敌五十师，歼敌3000多人。第一次反"围剿"遂以敌人纷纷溃逃胜利结束。

在这首词中，毛泽东引用"共工头触不周山"的典故，把"与颛顼争为帝"的共工演绎成为砸烂旧世界、创造新天地的胜利英雄，把神话故事与现实斗争、不周山与红旗、共工与红军紧密联系在一起。这是农村包围城市、武装夺取政权思想的诗意表达，标志着中国革命道路的方向更加明确。

景点链接

中央苏区反"围剿"战争纪念馆：位于赣州市宁都县梅江镇翠微峰下，是全国唯一一所全面反映中央苏区反"围剿"战争历史的专题纪念馆。2005年8月，宁都县在北京专门召开专家论证会，论证建设中央苏区反"围剿"战争纪念馆的可行性。2005年9月，中共宁都县委、县人民政府向上级有关部门申请改扩建"中央苏区反'围剿'战争纪念馆"。2006年6月5日，中共中央办公厅秘书局批准，同意兴建中央苏区反"围剿"战争纪念馆。2007年开工建设，2011年作为全县"一号工程"全面启动建设，2013年12月23日建成开馆。中央苏区反"围剿"战争纪念馆占地240亩，由馆体、广场、馆内陈展和连接线共四个部分组成。展厅雕塑采用圆雕和浮雕相结合的形式，虚实相间、气韵灵动，栩栩如生。采用声、光、电等现代陈展手段，通过背景画面、地面艺术塑形、艺术道具、彩塑人物营造真实的战场环境，声光电配合再现战场氛围，多媒体技术模拟再现真实的战场影像，再现了中央苏区军民浴血奋战、波澜壮阔的反"围剿"战争历史画卷。

2009年2月，被列为江西省第四批爱国主义教育基地。

2017年3月，被中宣部命名为全国爱国主义教育示范基地。

兴国县

忆红四军到兴国

萧华

一九二九年春，毛主席率领红四军到了兴国县，群众欢欣若狂，兴国根据地的建设进入了一个崭新的阶段。事过三十五年，当年情景，仍历历在目。

战火烽烟指顾间，兴国三十又五年。

赣江岸畔乌云起，井冈山上红旗翻。

神兵天降破孤垒[1]，工农崛起扫群顽。

分田建政树大业，山歌齐颂毛委员。

一九六四年春

注释 | [1] 孤垒：孤立的堡寨。

作品赏析

这首诗深情地回顾了1929年春，毛泽东主席领导的红四军抵达兴国县的历史时刻，以及这一事件对当地乃至整个革命根据地建设的深远影响。首联以时间的跨度开篇，既点明了历史背景，又勾起了读者对往昔岁月的无限感慨。颔联通过对比手法，生动描绘了革命形势的严峻与革命力量的顽强。乌云象征反动势力的猖獗，而红旗则代表了革命的火种和希望，二者形成鲜明对比，凸显了革命斗争的艰巨性和革命者的英勇无畏。颈联进一步展现了红四军和工农群众的英勇形象。他们如同神兵天降，以不可阻挡之势攻破了敌人的堡垒；工农群众在党的领导下迅速崛起，成为扫除一切反动势力的中坚力量。尾联则是对革命胜利后兴国根据地建设成就的颂扬。分田到户、建立政权等举措极大地激发了农民的生产积极性和政治热情；而百姓们用山歌表达对毛主席的颂扬，对领袖人物无私奉献和英明领导的高度认可。整首诗情感真挚、意境深远、语言凝练、节奏明快，既是一首历史的赞歌，也是一首人民的颂歌。它让我们在回顾历史的同时，更加珍惜今天的幸福生活，更加坚定地走好未来的革命道路。

景点链接

潋江书院：位于兴国县潋江镇横街，曾为兴国县县学，建于清乾隆三年（1738），占地面积4903.08平方米的古建筑群，由兴国知县徐大坤迁建于今址，并更名为潋江书院。书院坐北朝南，砖木结构，朱门丹窗。院内由门厅、讲堂、拜厅、学舍、魁星阁、文昌宫组成。整个书院为县级文物保护单位。其中崇圣祠为省级文物保护单位。1929年4月，红四军党代表毛泽东在潋江书院传达中共六大会议精神并主办土地革命干部培训班，1930年至1934年，书院为兴国县苏维埃政府所在地。潋江书院包括毛泽东故居、兴国县土地革命干部培训班、兴国县苏维埃政府（含革命委员会阶段）和书院建筑等，分别体现兴国红色、古色、客家、建筑文化等丰富多彩文化元素。

2001年6月，中宣部将潋江书院列入全国第二批百个"爱国主义教育示范基地"。

2006年5月，潋江书院被国务院公布为全国重点文物保护单位。

长冈乡调查纪念馆：兴国县长冈乡是苏区时苏维埃政府工作的模范乡，1933年11月毛主席率中央政府调查团到长冈乡调查后，整理出著名的《长冈乡调查》一文。1977年建成开放的"毛主席作长冈乡调查纪念馆"，位于兴国县长冈乡长冈村，距县城约4公里，主要陈列毛主席作长冈乡调查的历史资料和长冈乡干部密切联系群众，关心群众生活，注意工作方法，把长冈乡建成模范乡的经验。纪念馆占地7028平方米，有4个展厅，门厅是毛主席作长冈乡田间调查的大型雕塑，展厅还有大量苏区时期的照片和实物，供人们参观学习。

渔家傲·反第二次大"围剿"

毛泽东

白云山头云欲立，白云山[1]下呼声急，枯木朽株齐努力[2]。枪林逼[3]，飞将军自重霄入。七百里驱十五日，赣水苍茫闽山碧，横扫千军如卷席。有人泣，为营步步嗟何及[4]！

一九三一年夏

●这首词最早发表在《人民文学》1962年5月号。

注释

[1] 白云山：在江西省吉安县东南，吉安、泰和、兴国三县交界处，距东固西南十七里，是二次反"围剿"中毛泽东、朱德指挥打第一仗的地方。

[2] 枯木朽株齐努力：《古代兵略·天地》："得其人，即枯木朽株皆可以为敌难。"本句意为在红军包围歼灭国民党军队的时候，连枯木朽株也发挥了帮助红军反击敌军的作用。

[3] 枪林逼，飞将军自重霄入：这是倒装笔法。飞将军，指矫捷勇猛的将军。《史记·李将军列传》："（李）广居右北平，匈奴闻之，号曰'汉之飞将军'。"这里用来称赞行动隐蔽神速的红军。重霄，高空。当时红军隐蔽集结在山上，敌军由富田向东固地区进犯，红军突然从山上打到山下，好像飞将军从天而降。

[4] 有人泣，为营步步嗟（jiē皆，又读juē撅）何及：蒋介石鉴于第一次"围剿"冒进失败，这次"围剿"改用所谓"稳扎稳打，步步为营"的办法，但仍遭惨败，嗟叹莫及。蒋在这次"围剿"失败后召开军事会议，怒骂其部属无能，不禁伤心而泣。

作 品 赏 析

这首词反映了国民党军队第一次"围剿"惨败后，正如毛泽东前词所说，蒋介石调集了二十万大军，对中央革命根据地发动了第二次大规模"围剿"的战斗历程。红军仍然采取"诱敌深入"方针，利用根据地的有利条件，集中优势兵力，各个击破。从1931年5月16日至5月31日，战士们行军七百里，从江西赣水边一直打到福建武夷山下，连打五个胜仗，"横扫千军如卷席"，歼敌三万多人，缴枪两万多支，蒋介石的第二次"围剿"又失败了。战术改为"步步为营"还是失败，蒋介石嗟叹也来不及了。

词的上阕，毛泽东将红军勇猛顽强的战斗描写得非常生动：白云山巅，云层涌动，预示着战斗即将爆发；山脚下，战士们的呐喊声震天动地，充满斗志。满山的树木仿佛也在为红军加油鼓劲。枪声、炮声交织在一起，形成一片火海。在这关键时刻，英勇的将领如同战神降临，从云层中跃出，率领士兵们冲锋陷阵。下阕作者抒发了革命人民群众和革命战士们的心情舒快状态，把蒋介石连遭挫败后的状况刻画得入木三分。这首词形象地叙述了反第二次大"围剿"战争的生动记录，以气吞山河之势，酣畅淋漓地描述了第二次反"围剿"中"呼声急""枪林逼"的惊心动魄的战斗场面，记叙了工农红军"齐努力""重霄入"的英雄气概，展现了英雄军队、革命人民"横扫千军如卷席"的革命气势，描绘了一幅令人振奋的红军胜利进军图。

兴国烈士纪念塔

陈奇涵

人民战争廿八年，解放人民几万千。

南昌起义初发轫，井冈战斗着先鞭。

赣水滔滔[1]摧浊浪，红井涓涓[2]吐清泉。

浩气长虹震寰宇[3]，后世兴怀念昔贤。

注释

[1]滔滔：水流滚滚不绝的样子。

[2]涓涓：细水慢流的样子。

[3]寰宇：全天下。

作者简介

陈奇涵（1897—1981），号圣涯，江西兴国人。抗战时期曾任中央军委参谋部部长、抗日军政大学教育长等职。中华人民共和国成立后历任江西省军区司令员、最高人民法院副院长等职。1925年加入中国共产党。中华人民共和国成立后，历任江西省军区司令员、党委副书记、中共江西省委常委，中共中央中南局委员，江西省人民政治协商会议副主席，解放军监委委员，最高人民法院副院长等职。1981年6月19日逝世。

作品赏析

这首《兴国烈士纪念塔》是赞美在中国人民革命战争中英勇牺牲的烈士们，特别是与兴国、井冈山等地革命斗争紧密相连的先烈们。历经了长达二十八年的艰苦卓绝的人民战争，我们解放了成千上万的人民群众。南昌起义是这场伟大斗争的起点，而井冈山的战斗更是率先举起了革命的旗帜。赣江之水滔滔不绝，冲刷着旧时代的污浊；而那红井中清澈的泉水，象征着革命精神的纯净与源源不断。先烈们的浩然正气如同横跨天际的长虹，震撼着整个世界，让后世的人们在繁荣兴盛之时，不忘怀念那些为国家和民族献身的先贤们。整首诗语言凝练，意境深远，既是对革命历史的深情回顾，也是对先烈精神的崇高颂扬，具有很强的感染力和教育意义。

"焦官[1]"歌

谢觉哉

你们说我做大官，我官好比周老倌[2]。

起得早来眠得晚，能多做事即心安。

> **注释**
>
> [1]焦官：按湖南方言，"焦"是干巴巴，没有油水的意思，那么"焦官"就是不贪不占，不捞油水，两袖清风的清廉之官。
>
> [2]周老倌：谢老家乡的一位老长工周奇才。

作者简介

谢觉哉（1884—1971），原名觉斋，字焕南，学名维鉴，湖南宁乡人。"延安五老"之一，无产阶级革命家、政治家、社会活动家，新中国法学的开拓者和司法制度的奠基人。1919年参加五四运动，1921年加入新民学会，1925年加入中国共产党。"为党献身常汲汲，与民谋利更孜孜"，这是延安时期人们向谢觉哉祝寿时赠送他的诗句，这也是谢觉哉革命一生最真实的写照。

作品赏析

这首诗作于1934年。1933年5月，谢觉哉来到瑞金，担任临时中央政府主席毛泽东的秘书，不久任中央政府秘书长兼中央政府机关党总支书记，后又兼任中央内务部长等职，但谢老从不以官自居，诗中他自比为"人民的老长工"周老倌，起得早睡得晚，只有能多为人民做事，才能心安。谢老甘为"焦官"，这不仅是一种品质修养，更是一种信仰坚守。这首"焦官"歌时刻提醒着我们要常怀律己之心，常修为官之德，心系群众、廉洁奉公，做老百姓的"焦官"。

五月中间与友人登覆笥山有感（二首）

袁玉冰

携手同登覆笥山[1]，炎威四逼汗流颜。

去年曾叹攀援苦，一阵精神不见艰。

登峰造顶志无灰，跋涉虽艰亦快哉。

上到极巅舒眼望，此身仿佛在蓬莱[2]。

> **注释**
>
> [1]覆笥山：位于江西省兴国县崇贤乡齐分村南3公里，距县城47公里，海拔1125.7米（仅次于大乌山，为县内第二高峰）。山势险峻、秀丽挺拔，东望金精、西眺芙蓉、北接青原、南瞰贡江，屹立之上可望三县兴国、吉安、泰和三城，被誉为全县群山之宗，史称为"兴国祖山"。
>
> [2]蓬莱：古传说中渤海里的仙山蓬莱的省称。

作者简介

　　袁玉冰（1899—1927），江西泰和人。马列主义先驱、赣南第一位加入中国共产党的党员。1919年投身"五四"爱国运动，组织进步社团"鄱阳湖社"，后改名"改造社"。1922年考入北京大学哲学系，经李大钊介绍加入社会主义青年团，不久转为共产党员。1923年2月在南昌与赵醒侬、方志敏等发起成立江西民权运动大同盟和马克思学说研究会。1927年12月13日在南昌向省委汇报工作时，被敌发现，不幸被捕，12月27日英勇就义。他担任赣西特委书记不到一个月，但他任职期间，万安暴动进入了高潮。此时，省委与特委正筹划万安与湘赣边打成一片的部署，他去南昌汇报工作时涉及了此类情况。他是在万安暴动期间牺牲的唯一的特委领导人。

作 品 赏 析

江西革命先驱袁玉冰是覆笥山下人，他将攀登覆笥山作为革命意志的一种锤炼。1919年6月27日，他登上峰顶后，写下了这两首赞美覆笥山的诗句。

《五月中间与友人登覆笥山有感》描绘了诗人与友人在盛夏时节共同攀登覆笥山的经历，以及由此引发的感悟与心境变化。

第一首诗歌开篇即直接勾勒出一幅登山图景，炽热的阳光与攀登的疲惫交织成鲜明对比，然而诗人并未因此退却，反而与友人并肩作战，彰显了深厚的友情以及面对挑战时的无畏勇气。通过去年与今年情感的鲜明对比，诗歌深刻揭示了诗人个人意志力的提升与精神状态的蜕变。昔日对攀登之苦的哀叹，今朝却化为因内在力量而感到的轻松自如，这不仅是对诗人心灵成长的颂歌，更是坚韧不拔精神的生动写照。

第二首诗则进一步展现了诗人坚定不移的志向与积极向上的乐观态度。即便攀登之路布满荆棘，但诗人深知，一旦登顶，那份无与伦比的成就感将让所有辛劳瞬间化为乌有，这既是对目标不懈追求的执着体现，也是面对困境时乐观精神的璀璨绽放。而结尾处，诗人以壮美的自然风光与超脱凡尘的想象为笔，将登顶的喜悦与心灵的释放推向了极致。站在群山之巅，视野无限宽广，仿佛步入了一个梦幻般的仙境，这种体验不仅是视觉上的极致享受，更是心灵深处的一次深刻洗礼与升华。全诗寓情于景，表达了诗人坚韧不拔、勇于挑战的精神以及登高望远后的豁达与超脱。

客家摇篮篇

客家摇篮篇

客家，是赣南文化最深厚的底蕴。

赣州，是客家先民南迁的第一站，是客家民系的发祥地和客家人的主要聚集地之一。这里的客家民俗，客家围屋，客家美食，连同千年历史，形成了独特的客家文化，至今生生不息，熠熠生辉！

赣州的客家文化，不仅是赣南地区文化最深厚的底蕴，更是客家精神的象征。这里的客家民俗活动丰富多彩，每逢传统节日，客家舞狮等活动载歌载舞，展示客家文化的独特魅力。客家围屋作为一种独特的建筑形式，不仅体现了客家人的智慧和创造力，更是客家文化的重要标志，而客家美食，以其独特的风味和制作工艺，成为赣州文化的重要组成部分。

2013年，文化部批准设立赣州市全域为国家级客家文化（赣南）生态保护实验区。2023年，国家级文化生态保护区名单正式公布，客家文化（赣南）生态保护区位列其中。

赣县区

别曾学士^[1]

南宋·陆游

儿时闻公名，谓在千载前。稍长诵公文，杂之韩杜编^[2]。

夜辄梦见公，皎若月在天。起坐三叹息，欲见亡繇^[3]缘。

忽闻高轩^[4]过，欢喜忘食眠。袖书拜辕下，此意私自怜。

道若九达衢^[5]，小智妄凿穿。所愿瞻德容，顽固或少痊。

公不谓狂疏，屈体与周旋。骑气^[6]动原隰^[7]，霜日明山川。

匏系^[8]不得从，瞻望抱悁悁^[9]。画石或十日^[10]，刻楮有三年。

贱贫未即死，闻道^[11]期华颠^[12]。他时得公心，敢不知所传。

注释

[1] 曾学士：即曾几（1084—1166），字吉甫，号茶山居士，赣州赣县（今江西）人，后徙居河南洛阳。南宋诗人。主张抗金，为秦桧排斥。曾官校书郎，时称校书郎等入供馆职之臣为学士，后官至敷文阁待制。卒谥文清。清人辑有《茶山集》。陆游于宋高宗绍兴十二年（1142）十八岁开始从他学习诗文，本诗就作于是年在山阴（今浙江绍兴）时。

[2] 韩杜编：指唐代诗人韩愈、杜甫的作品。

[3] 亡繇：通"无由"，意为无从、无法。

[4] 轩：古代大夫以上官员乘坐的车。《高轩过》是唐代诗人李贺创作的杂言古诗，唐代诗人韩愈、皇甫湜曾访青年诗人李贺。此处，陆游自比李贺，以韩愈、皇甫湜比曾几。

[5] 衢：四通八达的道路。《尔雅》："四达谓之衢。"《楚辞·天问》王逸章句："九交道曰衢。"

[6] 骑气：古代望气术语，如骑兵阵的云气。《史记·天官书》："骑气卑而布。"

[7]原隰：高平和低湿之地。

[8]匏系：指被束缚或滞留在一个地方，或久任微职不得迁升。语出《论语·阳货》："子曰：吾岂匏瓜也哉！焉能系而不食？"

[9]悁（yuān）悁：忧闷的样子。

[10]画石句：语本自杜甫《戏题王宰画山水图歌》，"十日画一水，五日画一石。"

[11]闻道：领悟人生大道理。《论语·里仁》："朝闻道，夕死可矣。"

[12]华颠：头发花白。

作 者 简 介

陆游（1125—1210），字务观，号放翁，越州山阴（今浙江绍兴）人，南宋文学家、史学家、爱国诗人。家系世宦名门，胸怀救国救民大志。曾师从曾几。绍兴二十四年（1154）礼部试名列榜首，居秦桧孙子秦埙之前，且"喜论恢复"，被黜落。秦桧病逝后，初入仕途，曾任隆兴府通判、四川宣抚使干办公事兼检法官、江西常平提举、礼部郎中等职，官终宝谟阁待制。他一生支持北伐，因此得罪主和派，屡遭贬谪却矢志不渝。嘉定二年（1209）留下绝笔《示儿》。陆游诗词散文皆工，亦长于史学。今存诗九千余首，为我国古代罕见的高产作家。诗歌内容丰富，现实性强，爱国思想贯穿始终。诗风沉雄豪放，各体皆备，尤以七律见长。杨慎谓其词"纤丽处似淮海，雄放处似东坡"。有《剑南诗稿》和《渭南文集》，另著有《南唐书》《老学庵笔记》及《放翁词》等。

作 品 赏 析

这首诗是陆游对业师曾几崇高敬意的抒发，也是诗人集中编年最早的作品。全诗以敬仰曾几的学问与人品为切入点，逐步展开。首先陈述闻其名而心生敬仰，继之是向敬仰之人学习，并以读其文章为准则；再述梦中常现其人之形象，以"皎若月在天"之喻，颂扬曾几学问与人品的高尚。继而因未能亲见其人而深感遗憾，闻其过访之讯则喜极忘食眠，层层递进，一步步地表达了作者对曾几的敬仰之情与深切思念。经此多层铺垫，诗人终得正面描绘曾几之到访。会面之际，诗人以"袖书拜辕"之礼，当面求教，聆听教诲，并以"九达衢"之喻，赞其学问之广博。又描绘其循循善诱、长者之风范，终以不能长随曾先生左右为憾。全诗以先生学问文章为终生学习之源泉结尾，敬仰之情跃然纸上。诗风清新自然，感情真挚，意蕴悠长。

景点链接

客家文化城：位于江西省赣州市赣县区城区东南面，南依贴城而过的贡江，对望客家堪舆宗师杨筠松隐居地杨仙岭，远眺峰山。这里山、水、城相互映衬，是一处得天地之灵气的宝地。客家文化城于2003年9月开工，2004年10月建成，占地600亩，总投资超亿元。其整体设计外方内圆，既秉承了中华传统文化建筑理念，又展现了浓郁的客家人文特色，主要建筑包括客家宗祠、太极广场、杨公祠、艺术长廊、客家博物馆、风情街等。它集祭祀庆典、文博展览、商贸活动、休闲娱乐等功能于一体，是一座客家文化"大观园"。客家文化城，是国内外目前规模最大、功能最全的客家文化建筑群，世界客属第32届恳亲大会的祭祖大典举办地，也是江西省第一座以"研究客家民俗文化"为主题的博物院。

客家文化城

　　客家先民南迁纪念坛：纪念坛和纪念鼎位于赣州城区八境台下的龟角尾公园，地处章贡两江合流后的赣江源头。纪念坛半径12.5米，基座借鉴北京地坛的建筑形式，寓意客家人的根在中原。地坛这一建筑形式，旧时在地方州县为社稷坛。客家的传统社会，系典型的农耕社会，借用这一形式，体现了客家人以农为本的特色。基座分为三层，象征着客家民系形成的三个阶段，即形成于赣南，发展于闽西，成熟于粤东。基座的五级踏步则象征着客家人五次大迁徙。纪念鼎高5米，直径4.1米，重达8吨，仿照西周时期大克鼎，由青铜铸造而成。纪念鼎由船只沿着客家先民南迁路线，跨长江，入鄱阳湖，溯赣江而上，过十八滩，运抵客家先民南迁纪念坛。纪念坛平面上被均分为三个面，分别代表赣南、闽西、粤东，寓意三地在历史上对客家文化的贡献不分伯仲，在当今客家社会相互依存，共同发展。纪念坛相对应的三组踏步，则象征着客家人聚居地的三条生命之源——赣江、汀江、梅江。2004年11月18日至20日，第十九届客属恳亲大会在"客家摇篮"赣州举行，由赣南、闽西、粤北的与会客家人捐赠建造纪念坛和纪念鼎，于当年11月19日落成。

储潭晓镜

清·张照乘

海潮红日浴扶桑^[1]，十里澄潭拂镜光。

涩静沙明披雾縠^[2]，波平云散焕天章^[3]。

游鱼阵阵穿萍带，飞鹭双双集岸旁。

一派晴辉依皓月^[4]，千峰倒影^[5]水中央。

注释

[1]扶桑：传说中的神树，长在东方日出处。

[2]雾縠：像轻纱一样的薄雾。

[3]天章：分布在天空中的日月星辰。

[4]皓月：明亮的月亮。

[5]倒影：水中的影子。

作者简介

张照乘（生卒不详），字宝贤，河北磁州（今河北省邯郸市磁县）人。雍正十三年（1735）任赣县知县。史载：其人"才能任巨"，迁复学宫，设立义仓，鼓励百姓植松于火焰山（今万松山）、栽榕于三江六岸，开展"修八境台城垣，清理官衙，收养婴儿"等事务。赣县百姓自发捐建祠堂，以感其德。张照乘后被提拔为饶州府同知，历任吉安、南昌、嘉兴知府。赣县知县任上，张照乘与父亲张栋书、弟弟张照黎三人在"宋八景"的基础上，合拟了赣州"清八景"，丰富了赣州八景文化的表现形式与文化内涵。

作品赏析

储潭晓镜，赣县知县张照乘与父亲张栋书、弟弟张照黎三人在"宋八景"的基础上合拟的赣州"清八景"之一。

　　这首诗就是知县张照乘与父弟于初春时节来到储潭时所作，着重描绘了储潭的自然风光。当海潮涌动，朝阳似乎从东方的扶桑树中沐浴升起，光芒四射，照亮了清澈见底的十里水潭。水面平静如镜，反射出耀眼的光辉。在薄雾的笼罩下，沙滩显得格外宁静而明亮，沙粒似乎被一层轻纱所覆盖。波浪平息，云朵消散后，天空展露出它最绚丽的色彩，宛如自然之书翻开的崭新一页。成群的游鱼在浮萍间穿梭，自由自在地嬉戏；而岸边，成双成对的白鹭或低飞或栖息，构成了一幅和谐的画面。晴朗的天空中，皎洁的月光柔和地洒落，与日光相互辉映，为这宁静祥和的场景增添了几分温柔。远处的千座山峰，它们的倒影在水潭中央清晰地显现，随着水波轻轻摇曳，美得令人赞叹不已。作者以清新自然的笔调生动形象地描绘了储潭的秀美景致。这首诗不仅是诗人对清八景中的储潭晓镜细腻描绘的展现，更是对八景文化悠久传承的续写与见证。

景点链接

　　储山：位于赣县城北二十里储潭镇，山下有储君庙，所谓"赣有储山，晋刺史朱玮置储君庙于此"。因储君庙有"千里赣江第一庙"的美誉，储山由此闻名赣县。储山俯临清潭，作两江之砥柱，东北十余里石壁峭拔，远望类狮者为狮子岩，十余丈，山内有元代所建佛殿三间。储山山水相依，储山下的赣江水平如镜，是古代"赣州八景"之一，名曰"储潭晓镜"。

于都县

罗田岩访黄龙旧迹留题

南宋·岳飞

手持竹杖访黄龙，旧穴只遗虎子踪。

深锁白云无觅处，满山松竹撼[1]西风。

罗田岩 《天子万年》石刻　岳飞题

| 注释 | [1]撼：动，摇动。 |

作者简介

岳飞（1103—1142），字鹏举，相州汤阴（今河南汤阴县）人。南宋"中兴四将"之首，抗金名将。公元1122年，年仅19岁的岳飞投军，临行前其母在背上刺"尽忠报国"（后演义为"精忠报国"）四个字，成为岳飞终生信奉的信条。历少保、河南北诸路招讨使、枢密副使。在北伐节节胜利之时，因主和派得势，被召还京师，终被谋害，年仅三十九岁。南宋孝宗时追谥武穆。后改忠武，宁宗追封鄂王。其诗、词、书法皆有相当造诣，词存三首，《满江红》为千古传诵的爱国名篇。有《岳武穆集》，后人编有《岳忠武王文集》。

作品赏析

南宋绍兴年间，吉安农民起义领袖彭友与虔州首领陈禹，聚集数十万义军，依托赣县、于都等地山寨，在五岭区域频繁行动，令官府惶恐不安。绍兴三年（1133），彭友率军占领雩北固石洞，岳飞受命率军前往镇压。在前往于都途中，岳飞特地造访了位于城郊五里的罗田岩，以求得黄龙禅师的吉凶预卜。黄龙禅师坦诚相告："老衲直言不讳，岳将军此行恐难胜算。"岳飞听后心中虽有不悦，却也暗自思量："我岳家军所向披靡，人称常胜军，此次出兵何至于失败！"战后，岳飞重返罗田岩，欲再寻黄龙禅师，不料禅师已先行离去，并留话给寺中僧众："若岳飞将军来访，便言我已外出。"说罢，禅师便披上袈裟，置于椅上，悄然离去。岳飞抵达罗田岩，只见寺内空无一人，唯有猛虎蹲踞，僧众皆言禅师不知何时归来。岳飞心生感慨，遂挥毫泼墨，题诗《罗田岩访黄龙旧迹留题》以记之。

夜光山

唐·曾贤才

鸟道[1]从中一线悬，相联石角[2]锁雺川。

云常午暗迷樵路，火若宵明[3]烛钓船。

两晋珠藏[4]知几颗，三唐[5]名显已千年。

逢时好出惭怀宝，每对名山自怅然[6]。

注释

[1]鸟道：形容山路险峻狭隘，仅飞鸟可过。典出李白《蜀道难》"西当太白有鸟道"。

[2]石角：嶙峋的山石棱角。

[3]宵明：夜晚明亮。

[4]两晋珠藏：典出《晋书》中"沧海遗珠"，比喻人才或者珍宝被埋没。此处双关，既指夜光山如明珠藏于山间，又暗指其美景在晋代尚未广为人知。

[5]三唐：初唐、盛唐、晚唐，泛指唐代。

[6]怅然：感慨惆怅。暗含怀才不遇之叹。

作者简介

曾贤才，于都人。

作品赏析

　　这首诗以精妙的笔法和深邃的想象，生动再现了夜光山的奇绝景致与厚重的历史积淀，更融入了诗人深沉的人生感悟。开篇以"鸟道""一线"极言山径之险绝，又以"锁"字赋予山石以磅礴气势，既勾勒出夜光山险峻奇特的地貌特征，又暗喻其扼守要冲的地理价值。颔联通过"午暗"与"宵明"的时空对照，营造出山中云雾变幻、明晦交织的神秘氛围，而"钓火"的点缀更平添几分人间烟火气。诗中"两晋""三唐"等以凝练的笔触点出夜光山跨越千年的文化传承，使自然景观与人文积淀相得益彰。尾联"逢时好出惭怀宝，每对名山自怅然"尤为动人，诗人以"怀宝"自喻才学，以"名山"象征理想境界，在"逢时"与"怅然"的矛盾中，既流露出怀才不遇的淡淡忧伤，又展现出对人生价值的执着追寻。全诗写景状物精妙传神，抒情言志含蓄深沉，在展现山水之美的同时，更完成了从自然观照到生命思考的升华，堪称融景语情语于一炉的佳作。

景点链接

夜光山：峡山，又名夜光山。位于于都城西南五十里的罗坳镇峡山，以其源远流长的古驿道"十里河排"闻名赣南。南北朝南宋元嘉（420—477）邓德明作江西最早的地方志书《南康记》云："夜光遥见若火，溯流十里至于蛟窟而没。"唐天宝年间（742—756）因峡山古木参天，李隆基派人伐木建宫殿，敕封为"夜光山"。于阳十景之一"蛟窟霄灯"即此处。稍上为三门滩，清同治版《于都县志》载："三门滩贡水，石伏水底，横立如门，限者三，因名。"下为峡山大滩，"大石如牛伏栏，塞水路，舟自其缝出，势高水急，一箭之地，力费千钧。"自瑞金山龙滩至峡山大滩亦称贡水上十八滩。峡山又是于都古时专门传送公文的二十二驿铺之一。对峙两岸的陡峭峻岭，高耸峰峦将贡水挟狭其内，激流飞湍一泻如箭，最大流量达110立方米/秒，与赣县交界处贡水河床最低点海拔98米。峡山成为赣南通往闽西的咽喉重地，素有"于都西南天然屏障"之称，是历代兵家必争之地。

游罗田岩 [1]

北宋·周敦颐

闻有山岩 [2] 即去寻，亦跻 [3] 云外入松阴。

虽然未是洞中境 [4]，且异人间名利心。

注释

[1]《游罗田岩》又题为《行县至雩都邀馀杭钱建侯拓四明沈几圣希颜同游罗岩》。

[2] 山岩：即罗田岩。

[3] 跻：攀登。

[4] 洞中境：洞天胜境。道教把风景名胜叫作"洞天"，喻该处能洞察天上玄机，是修道的好地方。

作 者 简 介

周敦颐（1017—1073），原名敦实，字茂叔，世称濂溪先生，道州营道（今湖南道县）人。北宋文学家、哲学家。曾官大理寺丞、国子博士。历南安军司理参军、虔州通判等，熙宁中知郴州、南康军。继承《易传》《中庸》和道教思想，提出宇宙构成论，认为"无极而太极""太极"一动一静，产生阴阳万物。主张通过主静、无欲，达到"纯粹至善"的"诚"这种道德的最高境界。又提出太极、理、气、性、命等理学基本范畴，是理学创始人之一。著有《太极图说》《通书》等。后人编为《周子全书》。

作 品 赏 析

罗田岩，又名善山，位于江西省赣州市于都县城郊南，是一处发育较好的丹霞地貌景区，四面环山，岩深谷邃，丹岩绝壁，树木参天，风景秀丽，古刹禅院静谧，为省重点文物保护单位、省级森林公园，也是赣南著名的佛教圣地。罗田岩上历代名人摩崖石刻众多，特别是周敦颐题于观善岩的七言诗，对后世影响最大，也最为深远。宋嘉祐八年（1063），周敦颐偕游罗田岩，赋《游罗田岩》诗刻石而归。自此，罗田岩声誉远播，文官武将、骚人墨客、游人信士、名家学者纷至沓来，或览胜观景，或瞻仰唱和，历代不衰。

这首诗写诗人游览罗田岩的所见所思，诗中表达了诗人超脱尘嚣、向往自然的心境，蕴含丰富的哲理与审美情趣。首句是寻幽之始"闻""跻"点明诗人对自然风光的向往，即诗人听闻有山岩之胜景，便不假思索地踏上了寻觅之旅。次句是探胜之旅，以生动的意象描绘了罗田岩攀登之高、入林之深，诗人穿梭于云雾之间，步入松林深处，仿佛置身于一个远离尘世的世外桃源，心灵得到了前所未有的洗涤与净化。后半部分，诗人笔锋一转，为洞中之悟，道出了此行虽未直接抵达传说中的仙境或隐秘洞穴，但已足够让他感受到与人间名利场截然不同的心境。综观全诗，不仅是一幅清新脱俗的罗田岩山水画卷，更是一曲心灵深处的自我独白。诗风笔势酣畅淋漓，富有哲理，意味深长，表现出诗人对大自然的无限热爱。

景点链接

罗田岩石刻：罗田岩上历代名人摩崖石刻众多，现有题刻的年代上起北宋，历南宋、元、明、清，其中北宋2品、南宋2品、元代1品、明代15品、清代3品，年代不详者29品。在可分辨的石刻中年代最早的位于寺东侧崖壁上，时间为北宋皇祐三年（1051），年代最晚的位于寺西崖壁上，时间为清嘉庆二十一年（1816）。诸多石刻中亦不乏历史名人之作，如北宋周敦颐，南宋岳飞、文天祥，元代王懋德，明代王阳明等人的作品。特别是周敦颐题于观善岩的七言诗，对后世影响最大，也最为深远。石刻中字体有楷书、行书、草书、隶书、篆书等，其中以正楷和行书为主，个别使用篆书。石刻内容和形式繁多，有姓名、诗歌、佛龛造像记等。它不仅是研究中国书法和石刻艺术的实物资料，也是研究赣南政治、经济、文化等不可多得的珍贵资料。罗田岩石刻具有较高的历史价值和文化价值。

2013年，国务院公布为第七批全国重点文物保护单位。

雩山

明·夏寅

雩峰屹立压峨嵋[1]，上有元朝感雨碑[2]。

我作记行诗未毕，升车忽起片云随。

注释

[1]峨嵋：山名，在四川峨眉山市西南。山势雄伟，又山峰相对如峨眉，故名。此处用"峨嵋"一词凸显雩都山峰之屹立。

[2]感雨碑：元朝时有一年天旱不雨，在雩山举行祷雨活动，不久大雨倾盆，故立碑名曰"感雨碑"。

作者简介

夏寅（1423—1488），字时正，后改字正夫，号止庵，松江府华亭县人。明代官员、地学家。正统十三年（1448）进士，除南京吏部主事，历郎中，出为江西提学副使，迁浙江参政，官终山东右布政使。弘治初年，致仕归。《明史》有传。著有《禹贡详节》一卷、《夏文明公集》四十卷、《记行集》和《备遗录》二十三卷等。

作品赏析

雩山，江西省东南部山脉，海拔634米，位于赣州市于都县北，呈北东—南西走向。相传古人祈雨于此山下，故名雩山。整个山体主要由花岗岩和变质岩组成。尽数十里之势，磅礴郁积而起，高可摩霄，荷岭诸山，横列其前如屏。

这首诗细腻地勾勒出雩山山峰的壮丽景色，同时自然风光仿佛在回应着诗人旅途中的所思所感。雩山的山峰巍然耸立，在气势上看起来像压过了著名的峨眉山，在这座山峰之上，矗立着一块元朝时期留下的"感雨碑"，据说与雨水或天象有关，具有特殊的纪念意义。当作者正在撰写记述此行经历的诗歌，尚未完成时，突然之间，作者登上了马车，而随着车行的启动，一片云彩也仿佛被吸引一般，悄然升起并跟随在马车之后。这首诗语言朴实，直抒胸臆，自有一番风味。

罗田岩夜坐

清·朱耷

为爱清秋夜，帘垂五漏^[1]时。

山虚谷小月，云重压高枝。

露冷蛩吟^[2]急，风惊鹤睡迟。

旅魂^[3]无着处，惟有少陵^[4]诗。

注释

[1]五漏：指第五更，天将明时；借指一整夜。

[2]蛩吟：蟋蟀的叫声。

[3]旅魂：客死他乡者的鬼魂。

[4]少陵：即杜甫，自号少陵野老。

作者简介

朱耷（1626—1705），原名朱统，字刃庵，号八大山人、雪个、个山、人屋、道朗等，明太祖朱元璋第十七子朱权的九世孙，江西南昌人。明末清初画坛"四僧"之一，中国画一代宗师。明亡后削发为僧，后改信道教，住南昌青云谱道院，出家时释名传綮。擅书画，早年书法取法黄庭坚。善画山水和花鸟；花鸟以水墨写意为主，形象夸张奇特，笔墨凝练沉毅，风格雄奇隽永；山水师法董其昌，笔致简洁，有静穆之趣，得疏旷之韵。擅书法，能诗文，用墨极少。在创作上取法自然，笔墨简练，大气磅礴，独具新意，创造了高旷纵横的风格。

作品赏析

这是一首作者夜晚在罗田岩静坐的抒情之作，全诗巧妙地融合了自然景象与内心情感，展现了一幅静谧而又略带孤寂的画面，引人深思。开篇点明时间与环境，诗人因爱这清秋之夜而选择静坐，窗外夜色已深，深夜帘幕低垂，既隔绝了外界的喧嚣，也暗示了诗人内心的宁静与专注。这一句以"爱"字起笔，奠定了全诗的情感基调，使读者仿佛能感受到诗人对这份静谧之夜的深深眷恋。接着通过对自然景物的细腻刻画，进一步渲染了秋夜的氛围。山谷空旷，月光稀薄，映照出一片幽远而清冷的景象；而厚重的云层低垂，仿佛要压弯那高枝上的枝叶，给人以沉甸甸的压迫感。这两句不仅描绘了自然之美，也暗含了诗人内心的某种沉重与孤寂，山谷的"虚"与云的"重"形成了鲜明的对比，增强了诗歌的张力。又通过"露冷""蛩吟急""风惊""鹤睡迟"等具体生动的意象，将秋夜的寂静与生命的细微动静相结合，既展现了自然界的生动与和谐，也透露出诗人内心的不宁与愁绪。最后两句，诗人笔锋一转，将个人的情感升华到了更高的层次。作为旅人，他的灵魂似乎在这无垠的秋夜中找不到归宿，唯有杜甫的诗篇能给予他慰藉与共鸣。这里，杜甫的诗不仅是文学上的典范，更是诗人心灵的避风港，表明诗人在孤独与迷茫中，通过文学的力量找到了精神的寄托与慰藉。这种寄情于诗、以诗为伴的情感表达，既展现了诗人深厚的文化底蕴，也凸显了他在逆境中寻求精神寄托的高尚情操。

宁都县

金精十八章之五章

汉·张丽英

哀哀世事，悠悠我意。不可敌兮王威，不可夺兮吾志！

有鸾有凤，自舞自歌。何为不去？蒙垢[1]实多。

凌云烁汉，远绝尘罗[2]。世人之子，于我其何！

石鼓石鼓，悲哉下土。自我来观，生民实苦。

暂来期会，运往即乖。父兮母兮，毋伤我怀。

注释
[1]蒙垢：蒙受尘垢。
[2]尘罗：淡黄色的丝织品。

作者简介

张丽英，传说楚汉时期的仙女。汉初江西宁都县石鼓峰下樵夫张芒之女。传说十岁时因偶食山中仙桃，顿忘饥渴，面发奇光，体态轻盈，飘然出尘，遂驻金精洞修炼。长沙王吴芮征闽过宁都，闻张丽英仙姿，遂入山强行求聘。张丽英回话说，这金精洞岩石中能通神仙洞天，你能凿开一条路，我就听你的。于是长沙王发兵凿山，洞穿如瓮，果见张丽英披发仰卧洞天石鼓峰下，众人疑其已死，不料紫云涌起，张丽英白日飞升。对吴芮说"吾乃金星之精，岂尘凡能近耶"。据志书载张丽英时年十五岁，至宋代，徽宗诏封张仙为"灵泉普应真人"。

作品赏析

这首诗通过深沉的笔触表达了对世事无常、个人志向难遂的哀叹，以及对高洁自守、超脱世俗生活的向往。这世间种种，真是让人哀伤不已，而我内心所想的，却是如此悠远难及。王者的威严，我不可与之相抗衡；但我心中的志向，却是任何力量也无法剥夺的！有鸾鸟在飞翔，有凤凰在歌唱，它们自由自在地翩翩起舞，自得其乐。而我为何不愿离去这尘世呢？只因蒙受的尘垢与屈辱实在太多。我渴望如凌云般高耸，光芒能照耀天际，远离尘世的束缚与网罗。那些世俗之人啊，对我又能如何呢？石鼓啊石鼓，你静静地伫立，见证着这片土地上的悲哀。自从我来到此地，目睹了百姓生活的艰辛与困苦。我们或许会有短暂的相聚时光，但命运流转，终究会各自离散。亲爱的父亲母亲啊，请不要因为我的境遇而过度伤怀。整首诗情感真挚、意境深远，是一首比较成熟的四言诗。

景点链接

翠微峰： 古称金精山，因道姑张丽英在此修炼而得名。景区地处江西省东南部，赣州地区东北部，宁都县县城西北郊2.5公里处。景区以"金精十二峰"为主，翠微峰为其主峰，孤峰突兀，四周皆悬崖绝壁，山体呈南北向，长约800米，宽110米，高110多米，山体南端有一裂坼，是登峰独径。主要景观有金线吊葫芦、水城、锦绣湖、鳅篓洞、金字塔、神龟探水、龟岭脑、太平洞、碧虚宫、青莲寺等。景区内人文景观丰富，明末清初，魏禧为首的"易堂九子"在翠微峰顶建筑易堂，办馆兴学，潜心著述。景区内的金精洞被北宋张君房所著《云笈七签》称为道家七十二福地之三十五福地，并载入当代《中国名胜大辞典》。翠微峰堪称江南古今风景旅游胜地之一。翠微峰风景区是国家4A级旅游景区、国家森林公园、江西省重点风景名胜区。

钓峰乡： 明末清初大画家罗牧的故里。罗牧，号饭牛，今钓峰乡钓峰村黄潭组人，明末清初大画家，是中国山水画江西画派的鼻祖，生前与八大山人是挚友，经常交流画作。罗牧的绘画活动，主要在顺治、康熙二朝。他是魏书的爱徒，又跟林时益交往甚密，后又上了翠微峰，向魏禧、林时益等"易堂九子"学习。"易堂九子"中的魏祥写有《与罗饭牛》诗，魏禧写有《题罗饭牛画》诗，曾灿写有《为张方伯题罗饭牛画山水册》诗，这些诗文均记录了罗牧与"易堂九子"的经历。

莲花山

明·刘贤

崛起遥撑紫翠微^[1]，蜿蜒十里绕长松。

俯看鸟向树头落，时有云从山半封。

八月涛生闻梵呗^[2]，五更鲸吼听华钟^[3]。

欲凭一勺龙湫^[4]水，洗净年来尘土踪。

注释

[1]翠微：指翠微峰，古称金精山，因道姑张丽英在此修炼而得名。也是国家4A级旅游景区、国家森林公园、江西省重点风景名胜区。

[2]梵呗：佛教举行宗教仪式时以偈语赞唱佛、菩萨的颂歌。

[3]华钟：刻有纹饰的钟。

[4]龙湫：应指南康区的龙湫潭。

作者简介

刘贤，字汝希，举人。赣州宁都人。明嘉靖四年（1525），乡荐任桂阳州学正，转南京国子学录，升福州府通判。性夷旷冲恬，时偕同志讲学于胜地。辞去官职后回到宁都以诗文自娱，不与外事。著有《麓泉漫稿》《纪会同声录》。

作品赏析

这首诗呈现了一幅流动的山水画卷，传递着对自然之美的无限热爱与对心灵净化的深切向往。这座山峰巍峨崛起，远远地支撑着紫色的山峦和轻淡的云雾，它蜿蜒曲折地延伸了十里之远，沿途环绕着挺拔的长松。从高处俯瞰，只见鸟儿飞向树梢栖息，而山间云雾缭绕，时常将山的一半遮掩起来。到了八月，钱塘江潮水汹涌澎湃的声音仿佛与寺庙中传来的诵经声交织在一起，清晨五更时分，巨大的海浪声又与寺院里洪亮的钟声相互呼应，响彻云霄。诗人渴望能够借助这一小勺来自龙湫的清泉之水，洗净这一年来沾染在身上的尘土与俗世的痕迹，让心灵回归纯净与宁静。诗人以雄浑之笔，勾勒出远山巍峨、云雾缭绕的壮丽景象，展现了山间小径或溪流依山势蜿蜒，两旁古松参天，绿意盎然，营造出一种幽静而深远的意境。

三江毓秀

明·董天锡

朝宗[1]三涧自天成，总汇梅江一派清。

不遂西湖载歌舞，直从东海育鳌鲸[2]。

触矶远忆严陵[3]坐，泊渚常怀彦伯[4]情。

万古此流谁分付，长宣灵秘[5]焕文明。

注释

[1] 朝宗：古代诸侯春、夏朝见天子，后泛称臣下朝见帝王。这里比喻小水流注大水。

[2] 鳌鲸：传说中海里的大龟或大鳌。

[3] 严陵：即严光，光字子陵，省称严陵。东汉会稽余姚（今浙江余姚）人。少有高名，曾与汉光武帝刘秀同游学。秀即帝位后，光变姓名隐遁。秀遣人觅访，征召到京，授谏议大夫，不受，退隐于富春山。后人称他所居游之地为严陵山、严陵濑、严陵钓台等。诗文中常用其事。范仲淹撰《严先生祠堂记》，有"云山苍苍，江水泱泱。先生之风，山高水长"赞语，使严光以高风亮节闻名天下。

[4] 彦伯：即袁宏（约328—约376），小名袁虎，字彦伯，小字虎，陈郡阳夏（今河南太康）人。东晋文学家、史学家，侍中袁猷之孙，临汝令袁勖之子。袁宏出任东阳太守时，谢安曾以一扇相赠，袁宏答谢道："辄当奉扬仁风，慰彼黎庶。"后人因以"扬风仁政"来比喻为官清廉仁厚。

[5] 灵秘：神奇莫测的奥秘。

作者简介

董天锡（1475—? ），字寿甫，赣州宁都人。明弘治九年（1496）进士，授予刑部主事，后担任理漕刑、员外郎中、青州知府等职。在担任青州知府期间，青州遭遇了大蝗灾，他减免赋税、发放赈济。后为母服丧，离职在家，期满之后重新得到启用，填补两浙。为官刚正廉洁。后升为四川参政，用计谋扫平芒部，辖区内政治变得越来越清明。后左迁为贵州左辖官，因疾病再次请求辞官，请求被驳回，年五十四，任大理寺卿。嘉靖十八年（1539）被推荐起复南京大理寺卿，以自己出仕容易引起灾祸为由请求在家，嗜好书籍。为官四十多载，政绩卓著，多出惠民政策，深受百姓爱戴。曾主修《赣州府志》，著有《璜溪文集》。

作 品 赏 析

　　这首诗描绘了一幅自然景观与人文情怀交织的画面，在质朴平淡中蕴含着丰富隽永的情感。开篇三条清澈的溪流仿佛是天工巧成，它们汇聚成一条清澈见底的赣江，流淌不息。这条江并没有像西湖那样成为歌舞升平之地，而是径直流向东海，滋养着那里的巨鳌和鲸鱼，展现出一种壮阔而深沉的生命力。当江水触碰到礁石时，作者不禁遥想起古代隐士严陵独坐垂钓的高洁形象；而当它停泊在沙洲边，又常常让作者怀念起东晋袁宏对自然美景的深情厚谊。这条江水自古至今，流淌不息，它承载着多少历史的记忆与文化的传承，又有谁能完全说清楚它的故事呢？但它始终在宣示着自然的灵妙与秘密，焕发出文明的光芒，激励着后人不断探索与感悟。

勺庭[1]冬夜闻林舟之弹琴

清·魏禧

悄然[2]成独立，何处直鸣琴？

寒月不肯落，远山时有音。

松间白露下，池上夜泉深。

曳杖[3]还归去，萧萧[4]风满林。

注释

[1]勺庭：即魏禧，字冰叔，号裕斋、勺庭，江西宁都人。

[2]悄然：忧愁的样子。

[3]曳杖：拄着拐杖。

[4]萧萧：风声、雨声、草木摇落声。

作者简介

魏禧（1624—1681），字冰叔，一字叔子，号勺庭，江西宁都人。清初散文家。明末生员，明亡后，隐居翠微峰。清康熙十七年（1678），开博学鸿词科，征召，托疾不出。治文史，长于古文，并致力于散文创作，文章有凌厉雄杰、刚劲慷慨之气。与兄祥、弟礼并称"宁都三魏"。"三魏"兄弟与彭士望、林时益、李腾蛟、邱维屏、彭任、曾灿等合称"易堂九子"。与侯朝宗、汪琬合称"明末清初散文三大家"。文集合编为《宁都三魏全集》。著有《魏叔子文集》《诗集》《日录》《左传经世》《兵谋》《兵法》《兵迹》。

作品赏析

这首诗描绘了诗人在冬夜与知己共同聆听琴音的幽雅意境。诗人以"悄然"二字开篇，营造出一种寂静无声的氛围，仿佛整个世界都沉浸在冬夜的宁静之中，透露出诗人自身的孤独与超然之态，仿佛与这宁静的夜融为一体，成为独立于世的存在。接着，诗人以设问的形式引出琴声，表达了诗人对琴声来源的好奇与探寻。冬夜的景象，寒月高悬，似乎不愿落下，与诗人的孤独心境相呼应。琴声似在远方，时隐时现，增添了几分神秘与幽远之感。松林间白露滴落，池水上夜泉深流，一切都显得那么清冷而宁静。这些自然元素与琴声相互映衬，共同营造出一种空灵而深远的意境。尾联则表达了诗人的归隐之意，仿佛在这冬夜的琴声、冬夜林间的风声中找到了心灵的归宿，决定曳杖而归，回归自然的怀抱。这首诗描绘了一幅空灵静美的自然景象，营造出一种宁静而深远的意境，表达了诗人对孤独、超然与归隐的深刻感悟。全诗意象丰富，语言凝练，情感含蓄，韵味悠长。

赠八大山人 [1]

清·罗牧

山人旧是缁袍 [2] 客，忽到人间弄笔墨。

黄茅 [3] 不可置苍崖，丹灶 [4] 未能煮白石 [5]。

近日移居西埠门，长挥玉尘同黄昏。

少陵先生惜不在，眼前谁复哀王孙。

注释	[1]八大山人：即朱耷（1626—1705），清初画家，江西南昌人。八大山人是其别号。明宁王朱权后裔，明亡，一度为僧，又当道士，主持南昌青云谱道院。 [2]缁袍：僧衣。借指僧侣。 [3]黄茅：中药材名。 [4]丹灶：炼丹药的炉灶。 [5]白石：中药材名，也称羊起名、白石、石生，主治丹毒肿痒、滑精、阳痿阴汗。

作者简介

罗牧（1622—1705），字饭牛，号云庵、牧行者、竹溪，清初画家。江西省宁都县钓峰人，寄居南昌。少年时期，曾得益宁都书画家魏书（魏石床）的传授，后继承著名画家黄公望、董其昌的画法，并与南昌八大山人等书画家切磋交流，技艺大有长进。中年后，全家迁居扬州，当时江淮间画家多受他的影响。其擅山水，画作风格笔意空灵，林壑森秀，墨气瀿然，颇具韵味，时称妙品。被赞誉为"江西画派开派画家"。"扬州八怪"称他为"一代画宗""江西派英才"。

作 品 赏 析

　　罗牧的《赠八大山人》是一首献给八大山人（朱耷）的诗作，诗中洋溢着对八大山人独特的艺术风格和人生经历的赞美与感慨。诗人开篇便介绍八大山人原本是一位僧侣，却突然转而以笔墨在人间抒发情感，展示其才华。接着，诗人运用了富有象征意义的意象，"黄茅"与"苍崖"的对比，暗示八大山人在艺术创作中不拘泥于传统，不满足于平庸之境。"丹灶煮白石"这一典故取自道家炼丹，用以说明八大山人在追求艺术真谛的道路上，并不满足于表面的成就，而是追求更高层次的境界。诗人还提到八大山人最近迁居至西埠门，并常在黄昏时分挥洒笔墨。这一联不仅描绘了八大山人艺术创作的场景，也透露出一种孤独而深沉的艺术氛围。尾联中，诗人借此表达了对八大山人艺术才华的赞赏，并感慨在当今世上，谁能像杜甫那样真正理解和同情八大山人这样的艺术"王孙"呢？这一联既是对八大山人的高度评价，也流露出对时人缺乏赏识之能的遗憾。罗牧的这首《赠八大山人》通过丰富的意象和深沉的情感，赞美了八大山人独特的艺术风格和人生经历，同时也表达了对时人缺乏真正赏识之能的感慨。这首诗不仅是对八大山人的个人赞颂，也是对艺术真谛和时代风气的深刻反思。

中书令钟绍京[1]

唐·皇甫澈

景龙[2]仙驾远，中禁[3]奸衅[4]结。

谋猷[5]叶圣朝，披鳞[6]奋英节。

青宫[7]阊阖[8]启，涤秽[9]氛沴[10]灭。

紫气[11]重昭回，皇天新日月。

从容庙堂上，肃穆人神悦。

唐元佐命[12]功，辉焕何烈烈[13]。

注释	[1]钟绍京：钟绍京（659—746），字可大，虔州赣县（今江西兴国）人。"楷书鼻祖"钟繇的十七世孙。唐朝宰相、书法家。
	[2]景龙：唐中宗李显的年号（705—710）。
	[3]中禁：指皇帝。
	[4]奸衅：指奸诈不轨的事端。
	[5]谋猷：计谋，谋略。
	[6]披鳞：比喻犯颜直谏，触怒帝王。
	[7]青宫：太子居东宫，五行家以青色配东方，故称太子所居住的地方为青宫，亦借指太子。
	[8]阊阖：神话传说中的天门，又指皇宫的正门。
	[9]涤秽：涤除污秽。多比喻清除谬误、邪恶。
	[10]氛沴：毒气，比喻寇乱。
	[11]紫气：比喻祥瑞的之气。
	[12]佐命：辅助天子创业。
	[13]烈烈：猛烈的样子。

作 者 简 介

　　皇甫澈（743—803），安定朝那（今甘肃省灵台县）人。唐朝大臣，齐州刺史皇甫胤的少子。永泰初年，登进士科，起家秘书省正字，历任监察御史、仓部员外郎、陕州刺史，迁剑南西川节度副使兼御史中丞。贞元十四年（798），任蜀州刺史。贞元十九年（803），去世于成都，享年六十，赠右散骑常侍，安葬于洛阳万安山南原。《全唐诗》存诗四首。

作 品 赏 析

　　这是一首赞颂唐朝中书令钟绍京功绩与德行的诗作。开篇即点明历史背景，景龙是唐中宗李显的年号，此处代指唐朝的某个时期。"仙驾远"暗示着皇帝的离世或朝政的动荡，"中禁奸衅结"则揭示了朝廷内部的奸邪与纷争。颔联描绘钟绍京的形象，说明钟绍京的智谋与朝廷的需求相契合，又形象地表现了他像龙一样披鳞甲、奋发英勇的气节。颈联继续描绘钟绍京的功绩。"青宫"指太子所居之宫，这里可能代指朝廷或国家。"阊阖"指天门，这里象征朝廷的开放和清明。"涤秽氛沴灭"表示他清除了朝廷的污秽和邪恶势力。最后是对钟绍京功绩的总结和高度赞扬。"紫气"象征皇权或吉祥之气，"重昭回"表示重新焕发光彩。"皇天新日月"暗示着朝廷的新气象或新希望。"从容庙堂上"表现他在朝廷上的从容不迫和威严庄重，"肃穆人神悦"则说他深受人神的敬仰和喜爱。"唐元佐命功"指他在唐朝建立或稳定过程中的辅佐之功，"辉焕何烈烈"则是对他功绩的热烈赞扬。整首诗通过生动的意象和形象的描绘，展现了钟绍京在唐朝历史上的重要地位和卓越功绩。同时，诗人也表达了对他的崇敬和赞美之情。这首诗在语言和形式上都具有较高的艺术价值，是唐代诗歌中的佳作之一。

景点链接

　　越国公祠：又名钟氏宗祠，位于江西省兴国县，为纪念唐代"江南第一宰相"钟绍京（659—746），于清嘉庆八年（1803）修筑而成。越国公祠建筑结构呈"下山虎"形，坐西北向东南，占地面积1200多平方米。"越国公祠"高大的门楼状若乌纱官帽，临街巍然耸立。条石门楣上嵌北魏体阳字"越国公祠"，门首两侧对联曰："由颖川迁平川衍派如川方至；先兴国封越国元宗与国咸休。"显示了江南第一宰相钟绍京家族名望的显赫与迁徙的源流。穿过一条复式（俗称漏斗形）的人行甬道，首先跃入眼帘的是八字形牌坊式门楼，三门三进，左门曰"毓宗"，右门曰"会元"，中为和合大门，屋脊有相向倒立的鳌鱼，背向屹立的小石狮，一对麒麟遥相呼应，三组图案雕塑依次排开，错落有致。门楣"越国公祠"为正楷阴字，与前方门楼的"越国公祠"阳字形成对照，阴阳调配，刚柔相济，足见古代风水学说的底蕴。门楣两侧相配两幅石浮雕，图案中的人物头戴簪缨、身披袍服，温文尔雅、风度翩翩。

题东龛诸景（存四首）

元·滕宾

读书岩

巉岩[1]石室潋江东，旧隐开元越国公[2]。

胜迹不磨遗像在，书声时落半天风。

灵湖石

岩窦中开小有天，蛟龙潜蛰几何年。

不轻奋鬣[3]为霖雨，时傍云根吐翠烟。

笔架山

俯揖前山错落横，珊瑚架耸笔花生。

我来欲蘸沧浪水，仰首摩天写太平。

铜镮鲤

洞宫曾此扣铜镮，解却金鱼挂壁间。

一夜风雷天外动，化龙飞去不知还。

注释

[1]巉岩：险峻陡峭的岩石。

[2]越国公：指钟绍京。

[3]奋鬣：野兽家畜扬起颈上的长毛，形容奋发或狂怒。

作 者 简 介

滕宾，一名斌，字玉霄，归德府睢阳（今河南商丘）人。元代文学家、散曲名家。至大年间任翰林学士，出为江西儒学提举。滕宾幼读经史，风流潇洒，才思敏捷，喜爱文学，尤好作词，有《词林纪潇事》一卷，在当时文坛较有名气，是元代文学史中具有鲜明风格的作家，又是元代第一流的散曲作家，朱权《太平正音谱》评价他的散曲"如碧汉闲云"。《梨园乐府》《雍熙乐府》都收录了他的散曲作品。如《中吕·普天乐》《归去来兮四时调》。著有《万邦一览集》《滕玉霄文》《玉霄集》。

作 品 赏 析

这组诗以描绘东莞的自然风光与人文遗迹为主题，每首诗都各具特色，富有想象力和深意。

此诗通过对"读书岩"的描绘，展现了历史与文化的积淀。诗人以"巉岩石室"开篇，勾勒出环境的幽静与不凡，接着点出越国公的历史背景，增加了文化底蕴。最后以"书声时落半天风"作结，既是对古代学风的追忆，也寓含了对知识的崇敬与向往。

此诗以"灵湖石"为题，借蛟龙潜藏的意象，表达了自然界的神秘与深邃。诗人用"小有天"形容洞穴内的奇景，又以蛟龙的不凡与低调相对比，展现了自然界的和谐与平衡。最后，"吐翠烟"一句，更添了几分生机与仙气。

此诗以"笔架山"为喻，表达了诗人对自然美景的赞叹以及胸怀天下的壮志。诗人将山峦比作笔架，山峰上的树木则如同笔花，生动形象地展现了自然与文化的融合。而"蘸沧浪水，写太平"的设想，则更是将个人的豪情壮志与国家的繁荣昌盛紧密相连。

此诗以"铜镮鲤"为题，讲述了一个充满奇幻色彩的故事。诗人通过"扣铜镮""解却金鱼"等细节，营造了一种神秘莫测的氛围。而"化龙飞去"的结局，则不仅展现了自然界的奇妙变化，也寓意着人生中的机遇与蜕变。整首诗充满了想象与哲理，引人深思。

南康区

舟次浮石 [1]

北宋·苏轼

渺渺疏林集晚鸦，孤村烟火梵王家 [2]。

幽人 [3] 自种千头橘 [4]，远客来寻百结花 [5]。

浮石已干霜后水，焦坑 [6] 闲试雨前 [7] 茶。

只疑归梦西南 [8] 去，翠竹江村绕白沙。

注释

[1]诗题一作"留题显圣寺"。浮石：山名，在今赣州市南康区城西三十里，形如覆钟，水环其外。

[2]梵王家：大梵王是佛教中的佛，这里以梵王家代指显圣寺。

[3]幽人：幽静之地的人。

[4]千头橘：很多的橘树。

[5]百结花：指丁香，最早出自佛经，因其外形像结而有此称。

[6]焦坑：地名，亦名焦溪，位于南康区西三十五里，以产茶闻名，此茶味苦，久方回甘。

[7]雨前：指谷雨前。

[8]西南：苏轼的家乡四川在西南方向，这里以西南指家乡眉山。

作者简介

苏轼（1037—1101），字子瞻，又字和仲，号铁冠道人、东坡居士。眉州眉山（今四川省眉山市）人。北宋著名文学家、书画家、唐宋八大家之一。其诗题材广阔，清新豪健，善用夸张比喻，独具风格，与黄庭坚并称"苏黄"；其词开豪放一派，与辛弃疾同是豪放派代表，并称"苏辛"。善书法，与黄庭坚、米芾、蔡襄合称"宋四家"；擅长文人画，尤擅墨竹、怪石、枯木等。嘉祐二年进士，曾上书力言王安石新法之弊，又在试进士策中讥讽朝政，下御史狱，王安石礼救之。通判杭州，徙徐州、湖州。元丰间，因"乌台诗案"，被贬为黄州团练副使。哲宗时任翰林学士，曾出知颍州、扬州。后又贬谪惠州、儋州。病逝于常州。南宋时期，追赠太师，谥号"文忠"。著有《东坡七集》《东坡易传》《东坡书传》《东坡乐府》等。

作 品 赏 析

浮石，根据《南安府志》的记载：有一块巨石，形状酷似倒扣的钟，四周被水域环绕。这块石头随着水位的升降而浮动，却始终不沉没。其上建有显圣院，该寺庙始建于南唐时期，是章江上游的胜景之一。

这首诗创作于徽宗建中靖国元年（1101）七月，当时苏轼自南安返回常州，途经显圣寺，拜访了该院的住持元师。元师以当地特产窝坑蕉溪茶款待苏东坡，临别时，苏东坡在寺壁上题诗留念。诗的前两联运用白描手法，生动描绘了朦胧的疏林、成群的晚鸦、孤寂的寺庙、繁茂的橘树和结满果实的丁香，勾勒出一幅宁静祥和的乡村生活图景。第三联转而叙述诗人远道而来拜访寺中高僧，两人用浮石山霜化成的露水煮茶，畅谈佛法，享受着无比的惬意。到了第四联，面对这清幽的环境，诗人不禁沉醉其中，仿佛回到了故乡那被翠竹环抱的村庄。尾联中的"归梦"二字，生动地表达了诗人对这自然清幽之地的喜爱，以及对家乡朴素安逸生活的深切怀念。整首诗以诗人的所见所感为线索，情感真挚，景物描绘自然流畅，语言明快，勾勒出一个令人向往的安逸、自然的境界。

景 点 链 接

南康家居小镇：是南康区为推动千亿家具产业集群由"制造"向"智造"，由"家具"向"家居"，由"木材买全球"向"家具卖全球"转型升级，进而打造世界家居集散地和现代家居城的力作。小镇规划建设5平方公里，核心区2平方公里。其设计整合了清华大学、厦门大学、中国科学院等10多所一流科研院校设计单位的优质资源，体现了"三生"（生产、生活、生态）融合和"产城人文"四位一体，体现了全球化、民族风和家居个性。南康家居小镇完成投资35亿元，目前已建成全球最大的反映中外家具文明历程的艺术浮雕、国内首个展示中外家具的博物馆，以及红木展览馆、五大洲风情木屋等建筑。镇内的中式传统建筑群，包括客家围屋、赣南"九井十八厅"等独具特色的中式建筑，并布局了一批著名设计和品牌，以及智能制造、电商直播等家具产业高端要素，入驻了文化休闲、餐饮美食、旅游购物等业态，是国家4A级旅游景区和国家级工业旅游示范基地。

南康家居小镇

大余县

赠范晔[1]

南北朝·陆凯

折花逢驿使[2]，寄与陇头人[3]。
江南无所有，聊[4]赠一枝春[5]。

注释

[1]范晔：南朝·宋顺阳（现湖北省光化县）人，史学家，著有《后汉书》。

[2]逢：遇到。驿使：古时传递公文的人。

[3]陇头人：指范晔。陇头：指陇山，在今陕西陇县西北。

[4]聊：姑且。

[5]一枝春：此处借代一枝梅花。

作者简介

陆凯（？—504），本姓步六孤，字智君，代郡（今山西代县）人，鲜卑族。东平王陆俟之孙，建安贞王陆馛之子。谨重好学，选为中书学生，拜侍御中散，历任通直散骑侍郎、太子庶子、给事黄门侍郎，出任正平太守，治理有方，号为良吏。支持孝文帝元宏改革。正始元年（504）去世，追赠使持节、龙骧将军、南青州刺史，谥号为"惠"。

作品赏析

陆凯与范晔情同手足，尽管陆凯身处南方，而范晔居于北方，陆凯仍挥笔写下这首诗，并寄给远在北方的范晔。诗的开头"折花逢驿使，寄与陇头人"，生动描绘了陆凯偶遇传递消息的驿使，便折下一枝梅花托他转交给远在北方的朋友，流露出两人之间深厚的情谊。诗的尾声"江南无所有，聊赠一枝春"，首句看似谦虚的客套，实则为了衬托出末句"聊赠一枝春"的深情厚谊。折梅赠友，自古以来便是传递情感的传统方式，而今通过驿使将南方的春意送往北方，无疑会让远方的朋友感受到这份友情的温暖。因此，折梅相赠不仅因为梅花是春天的先驱，更因为它象征着友情的纯洁无瑕。尽管诗句简练，却清新脱俗，颇具唐诗绝句的风范。诗人巧妙而优雅的构思中蕴含着深沉而真挚的情感，表达了对远方挚友的深切思念和情谊。

赠岭上老人

北宋·苏轼

鹤骨[1]霜髯[2]心已灰，青松[3]合抱手亲栽。

问翁大庾岭[4]头住，曾见南迁几个回。

注释	[1]鹤骨：形容身体清瘦，多指修道者的骨相。
	[2]霜髯：白色胡须。形容年老。
	[3]青松：苍翠的松树，比喻坚贞不移的志节。
	[4]大庾岭：位于赣州市大余县，即庾岭要塞，为南岭中的"五岭"之一。

作品赏析

宋哲宗元符三年（1100）七月，苏轼北归抵达廉州。八月，朝廷再次颁布诰命，任命苏轼为舒州团练副使，并安置于永州。到了十一月，他被授予朝奉郎，提举成都府玉局观，并获准在外地州县自由居住。因此，苏轼继续北上，直至徽宗建中靖国元年（1101）正月，他穿越了大庾岭。相传，苏轼在大庾岭上短暂休息时，一位村中的老翁得知苏轼北归的消息，向他表达了祝贺，苏轼含笑题写了此诗。

这首诗以简练而深邃的笔触，描绘了一位居住在南岭之上、历经沧桑的老人形象，并通过与老人的对话，寄托了诗人自己对人生、仕途以及历史变迁的深刻感慨。首句描绘老人的形象生动，表现出老人内心的淡泊与超脱，也隐含了诗人对世事沧桑的感慨。次句通过老人亲手栽种的青松已长成参天大树这一细节，展现了时间的流逝与生命的坚韧，同时也寓意着老人虽历经风雨，却依然坚守在此，不离不弃。"问翁大庾岭头住，曾见南迁几个回"则是诗人与老人的对话，也是全诗的点睛之笔。诗人以问句的形式，表达了对南迁人士命运的关切，同时也借老人之口，道出了历史的无情与人生的无奈。在漫长的历史长河中，被贬谪南迁的官员们往往难以重返故土，这不仅是他们个人的悲剧，也是时代和社会的悲剧。苏轼通过这首诗，既表达了对这些南迁人士的同情与哀怜，也抒发了自己对仕途坎坷、人生无常的感慨。

嘉祐寺

北宋·张九成

曳屦出南郭，招提^[1]在高冈。

谁言林樾^[2]中，乃有此宝坊。

甘泉溢中庭，修桂荫层廊。

三秋此花开，清香驻高堂。

试问红尘中，那得六月凉？

门外江声急，堂中松韵长。

古殿俨^[3]像设，佛灯龛^[4]夜光。

不见堂中人，斗觉心悲伤。

人生本无定，乐处是吾乡。

吟馀复何事，月落山苍苍^[5]。

> 注释
>
> [1]招提：民间私造的寺院。
> [2]林樾：指林木、林间隙地。
> [3]俨：庄重。
> [4]龛：供奉神佛的小阁或柜子。
> [5]苍苍：深青色。

作者简介

张九成（1092—1159），字子韶，号无垢，汴京（今河南省开封）人，后迁海宁盐官（今浙江海宁）。南宋文学家、数学家。授镇东军签判，因与上司意见不合，弃官归乡讲学。后应召为太常博士，历任宗正少卿、侍讲、权礼部侍郎兼刑部侍郎。他为官不附权贵，主张抗金，反对议和，为秦桧所忌，谪守邵州，不久又革职，复以"谤讪朝政"罪名，谪居南安军14年。秦桧死，重新起用，出知温州。因直言上疏，不纳，辞官归故里，不久病卒。张九成致力经学，杂以佛学，对经学有独创见解，后形成"横浦学派"。著述今存五种：《中庸说》（残）三卷、《孟子传》（残）二十九卷、《心传录》十二卷、《横浦日新》一卷、《横浦文集》二十卷。著有《张九成集》总结集。

作品赏析

　　张九成此诗以游嘉祐寺为线索，巧妙地将自然景色、寺院氛围与人生哲理相融合，展现出一种超脱尘世、向往宁静的心境。首句"曳屐出南郭"便以轻松随性的姿态引入，随后通过"谁言林樾中，乃有此宝坊"的设问，引出对嘉祐寺美景的赞叹。诗中"甘泉""修桂""清香"等意象，不仅描绘了寺院的清幽雅致，也暗含了佛门净地的圣洁与宁静。在描绘自然景致的同时，诗人也不忘抒发个人情感。"门外江声急，堂中松韵长"一句，通过对比外界的喧嚣与寺内的宁静，进一步强化了内心的平和与超脱。而"不见堂中人，斗觉心悲伤"则透露出诗人对佛门清修的向往，以及对世事无常、人生短暂的感慨。"人生本无定，乐处是吾乡"一句，是整首诗的点睛之笔，表达了诗人对于人生归宿的深刻思考。在他看来，人生漂泊不定，但只要心中有所乐，无论身处何地，都能找到心灵的归宿。这种豁达的人生态度，不仅体现了诗人自身的修养与境界，也给读者以深刻的启示和共鸣。

嘉祐寺

南安十景

明·刘节

高岩飞瀑洒飞泉，恍似银河落九天[1]。

日对秀峰吟秀句，诗才李白是天仙。

注释

[1]高岩飞瀑洒飞泉，恍似银河落九天：李白诗《望庐山瀑布》"飞流直下三千尺，疑是银河落九天"，表达了诗人对南安美景的赞扬和喜爱。

作者简介

刘节（1476—1555），字介夫，初号梅国，世称梅国先生，更号雪台，老称涵虚翁。江西大庾人。弘治十八年进士，历仕兵部主事、宿县知县、广德知州、福建及浙江布政使，副都御史，嘉靖十一年为刑部右侍郎。工书，书仿颜真卿。著述极丰，撰有《广文选》《周诗轨迹》《春秋列传》《宝制堂录》《梅国集》《豫章耆旧记》等。

作品赏析

这是诗人描绘南安十景的佳作。高耸的岩石间，飞瀑如丝如缕般洒落，水珠四溅，如同银河从极高的天空倾泻而下，直落九天之外，那景象令人恍若置身于仙境之中。每天面对着这样秀丽的山峰，吟咏着优美的诗句，不禁让人感叹，就连"诗仙"李白若在此处，恐怕也会自愧不如，因为这里的自然之美已经超越了凡尘，仿佛是天仙才能吟咏出的绝美诗篇。整首诗通过生动的景物描写与深刻的情感抒发，巧妙地将自然景观与人文情怀相结合，营造出一种清新脱俗、意境深远的艺术效果，令人读来心旷神怡，回味无穷。

秋发庾岭

明·汤显祖

枫叶沾秋影，凉蝉隐夕晖。

梧云初掩霭[1]，花露欲霏微[2]。

岭色随行棹[3]，江光满客衣[4]。

徘徊[5]今夜月，孤鹊[6]正南飞。

梅岭

注释

[1]霭：云气，烟雾。

[2]霏微：迷蒙。

[3]行棹：划船，是指使用桨或划子来推动船只前进的一种方式。棹：船桨。

[4]江光满客衣：指波光洒在身为迁客、逐客的作者身上。

[5]徘徊：留恋，流连。表达了作者内心的哀伤之情。

[6]孤鹊：此处汤显祖以"孤鹊"比喻自己，以孤鹊南飞比喻自己被贬谪到南方边远之地，以孤鹊徘徊无依比喻前途的渺茫黯淡，诗人借此表达了内心的孤独冷寂和迷茫伤感。

作者简介

汤显祖（1550—1616），字义仍，号海若，别署清远道人，江西临川人。明代文学家、戏曲家。在中国和世界文学史上有着重要的地位，被誉为"东方的莎士比亚"。万历十一年（1583）进士，官南京礼部主事，因上书指斥朝政，贬广东徐闻典史，后量移浙江遂昌知县。万历二十六年（1598）弃官，三年后被吏部以"浮躁"罪名正式免职，遂绝意仕进，居临川玉茗堂，以著述自娱。戏剧作品《还魂记》《紫钗记》《南柯记》《邯郸记》合称"临川四梦"，其中《还魂记》（全名《牡丹亭还魂记》）为其代表作。

作品赏析

明朝万历十九年（1591）秋天的一个傍晚，在大庾岭侧的江面上，一艘破旧的官船正趁着晚潮拔锚启航，往南徐徐而去。汤显祖独自伫立在船头上，望远哀伤不久前，因上书抨击朝政，触怒权贵，被贬为徐闻典史，此行正是去徐闻赴任。徐闻县在广东沿海，在当时是极为边远的荒蛮之地。耿耿忠心，竟然落得如此下场，面对这苍茫的暮色，汤显祖不由得心潮难抑，写下了这首不朽的诗篇《秋发庾岭》。

起句点出时令。南方农历九月枫叶已略带秋色；时值黄昏，蝉声也归于沉默。枫叶入秋，如火如荼，本来应该是极美丽的景致，作者却由此感受到了萧瑟的秋意。蝉饮风餐露，在古人的心目中是君子清贫自守的象征，如今，它也被阵阵寒意包围了，再也唱不出轻快的歌声。物犹如此，人何以堪？起首为全诗奠定了悲怆的基调。不过，夕阳虽暮，犹有余光，这里一个"晖"字用得巧妙，给苍凉的画面抹上一层淡淡的暖色。全诗就在这一寒一暖两种色彩的交织下逐步展开。第二联写两岸景色。远眺树影如云，暮霭徐徐升起；近看江花带露，在夕阳中渐渐趋于迷蒙。像《题大庾岭北驿》一样，依旧是写秋色，写黄昏，但苍茫之中别有一番情趣。尽管此时的梧桐和江花多少还沾染着几分观赏者暗淡的愁绪，而色彩却显得柔和多了，明快多了。毕竟大自然是美的，它可以帮助诗人暂时忘掉内心的创伤。颔联笔锋一转，画面由静而动。诗人伫立船头，观赏沿途景色，两岸山色随小舟的行进而不断地变换着色彩；粼粼的波光，在夕阳的照耀下似乎洒满了游子的衣襟。山光水色，相映成趣。此时似乎有一种宠辱皆忘的情致。可是，被贬谪的痛苦很快又涌入心头："岭色随行棹，江光满客衣。"冷月徘徊，孤鹊南飞，斑斓的色彩一扫而空，画面复归于沉寂，而且更冷更静。在前三联中隐藏着的悲哀的心绪，此时便如江水一般汹涌澎湃。作者以"孤鹊"自喻，说尽了内心的孤独与不平。读来真令人伤神至深。

君子泉

清·戴第元

兀坐山亭思渺然[1]，荒烟杳霭[2]拥蒙川[3]。

风摇有韵来松际，齿漱无心卧石边。

半岭远云横远岫[4]，一天明月浸涓[5]泉。

蒙茸[6]复睹高贤榻[7]，几度[8]徘徊恍昔年。

注释

[1]渺然：久远的样子。

[2]杳霭：云雾缥缈的样子。

[3]蒙川：即蒙川馆，古时"蒙川映月"为南安东山一景。

【扩展】南安府治位于城中心，有大庾县附郭，府内设城门四座，东曰东山门，西曰泰山门，南曰梅山门，北曰鳌门。分府署位于城的西北，有九栅故址、梅花园、皇仙台、九经台等古迹。南安不仅有庾岭红梅、玉池碧莲、灵岩飞瀑、横浦垂虹、嫦娥秋月、玉枕春云、赤壁仙舟、金莲使节、西华流丹、东山耸翠等郡治十景，还有高岗鹤鸣、层台花秀、奎光映塔、横浦卧龙、观澜倚槛、挹菁望蹊、双城合璧、曲水联珠、天池碧莲、竹谷风清、蒙川映月、正气流丹等东山十二景。

[4]岫：峰峦。

[5]涓：细小的水流。

[6]蒙茸：杂乱的丛草。形容床榻的简陋。

[7]榻：狭长而低矮的坐卧用具。高贤榻：指古代高洁贤能之士所睡的床榻，借以指代那些贤人的居所或遗物，含有敬仰之情。

[8]几度：多次，常用表达时间。

作者简介

戴第元（1728—1789），字正宇，号簋圃，又号省翁，大庾县（今大余县）人。戴第元家境寒素，从小聪明俊秀，13岁入县学，即能诗善文，得"神童"之誉。童试时得到南安府知府和江西提学的赞许，被选入府学。自此更加勤奋努力，乾隆十八年（1753）中举，次年会试中副榜，选为兴安（今横峰）县教谕。二十二年（1757）中进士，改庶吉士，后授翰林编修。二十七年（1762）任江南行省乡试副主考官，选拔出来的学者包括江永、朱筠、戴震等饱学穷经之士。后又为江南道、四川道监察御史。四十三年（1778），次子衢亨殿试第一，取为状元。第元与其弟均元，其长子心亨（乾隆四十年进士）和衢亨皆入翰林院，并称"西江四戴""为词林增典故焉"。第元还主持山西、湖北等省乡试，视学安徽。官光禄寺少卿、太常寺少卿、太仆寺少卿等，乾隆五十一年（1786）以病致仕。多才博学，名重海内。入翰林院后，词章更是"倾倒一时"。编有《唐宋诗本》80卷行世。

作品赏析

这首诗以深邃的意境和淡雅的笔触，勾勒出一幅静谧且富含哲理的山水画卷。在字里行间，我们能感受到诗人超然物外、寄情山水的高洁情操。诗人的内心世界深邃而悠远，似乎随着眼前的景致，飘向了无边的天际。荒烟的朦胧与杳霭的迷离共同绘制出一幅远山近水、云雾缭绕的朦胧图景，不仅增加了画面的层次感，也隐含了诗人对自然之美的无尽向往与追求。诗人运用拟人化的手法，描绘泉水的清澈与自然流淌，仿佛连石边休憩的生灵都忘却了尘世的烦恼，沉醉于这份宁静与和谐之中。画面进一步扩展至广阔与深远，远山之上，云雾缭绕，与远处的山峦相连，构成一道美丽的天际线；夜空中，一轮明月高挂，其清辉洒满大地，将涓涓细流映照得如诗如画，整个场景仿佛被一层淡淡的银纱覆盖，显得格外宁静而祥和。尾联笔锋一转，由景及人，引出对过往高贤的怀念。诗人或许在此地曾目睹某位高贤的遗迹，如今再次面对，不禁感慨万千，几度徘徊于此，仿佛穿越时空，回到了那些与高贤共度的时光，心中充满了对高贤品德的敬仰与追思。全诗语言优美、意境深远，读来令人心旷神怡、回味无穷。

龙南市

玉石岩

北宋·钟仙

万石结丛林，萦回鸟道深。

山高云漠漠[1]，洞古绿阴阴[2]。

壁拥虬龙篆[3]，崖悬钟鼓音[4]。

不须愁日暮，胜景且追寻。

注释

[1]漠漠：形容密布。

[2]阴阴：幽暗的样子。

[3]虬龙篆：形容岩壁上石刻的文字或图案如同虬龙般蜿蜒曲折。

[4]钟鼓音：以声音的形象来比喻自然界中（可能是风穿过岩缝、水滴击石等）发出的悦耳声响。

作者简介

钟仙（生卒年不详），字少游，虔州龙南（今江西龙南市）人。神宗元丰年间（1078—1085）进士。初补韶州司理参军，任满，转瀛州防御推官；复知浔州，建学造士，学者多自远方至，经略使熊伯通以国士礼遇之；移苏州，改授广州军节度推官。寻知阳山。政和（1111—1118）中，仙自广移节成都，时安化蛮叛，以其熟谙边防事务，除广南西路（今广西壮族自治区）转运使。与军帅筹划，奏罢滇州及延德军。未几，进师，蛮解围来降，边圉以宁。冠图阁学士，兼本路安抚管勾经略使，以疾致仕。著有文集十五卷，奏议三卷，惜今俱不传。仅见《龙南石玉岩》诗一首，存于清人厉鹗《宋诗纪事》卷二十八。

作品赏析

这是一首赞美玉石仙岩壮丽景色的诗篇。开篇以"万石结丛林"的壮丽景象，勾勒出玉石岩地貌的奇特与广袤，石与石之间交错相依，犹如大自然精心雕琢的迷宫，既展现其雄浑之气，又蕴含幽微之美。随后，笔触轻转至那曲折幽深的小径，它们在茂密的林间蜿蜒伸展，宛如游龙穿梭，增添了几分神秘与探索的乐趣。诗句巧妙地融合了动静之美，展现了玉石岩自然风光的原始野性与宁静雅致。山势巍峨挺拔，云雾缭绕其间，更添几分仙灵之气，令人心旷神怡。而那隐匿于丛林深处的古老洞穴，被郁郁葱葱的植被所覆盖，仿佛是大自然的秘境，让人不禁心生向往。"虬龙篆"一词，生动地描绘了玉石仙岩上石刻碑文的古朴与神秘，它们犹如虬龙般蜿蜒盘踞，见证了岁月的沧桑与文化的积淀。钟鼓之音悬于崖壁，回荡在山谷之间，仿佛是远古的呼唤，引领着旅人的心灵向更深处探索。这一转变，不仅是外在景象的转换，更是诗人内心情感与思绪的飞跃。尾联以诗人豁达的胸怀，鼓励人们不要被时间的流逝所困扰，因为在这片神奇的土地上，总有无数美景等待着我们去发现与追寻。这既是对自然之美的无限热爱与向往，也是对人生旅途的一种积极态度与追求。全诗语言精练，画面生动，特色鲜明，情感真挚。

景点链接

龙南玉石仙岩：位于龙南市4公里井岗村、新杨村和红岩村之间，岩峰海拔307米，岩石全系石灰石，灿若白玉，故名玉石岩。传说玉石岩为仙人挑来，又名玉石仙岩，为龙南古八景之首。洞顶有圆形缺口，如玉镜高悬，内有一岩洞名玉虚洞，可容数百人，洞顶有圆形缺口，光线沉入如玉镜悬空，岩洞内有千姿百态的石钟、石笋，洞中有一井，称龙井，深不可测。洞中石钟、石乳、石笋等千姿百态，有的似花鸟虫鱼，有的像飞禽走兽，造型栩栩如生，玲珑幽美，身临其境，仿佛进入五彩缤纷的世界。洞的西面是大天窗，天窗对面的洞壁上镌刻着王阳明等历代名人亲书石刻43方。据载，明朝正德十三年，御史王阳明在平息三浰（lì）农民起义后回军途中，曾率部下游玉石仙岩，感觉玉石仙岩"洞壑天成，清幽胜境""双洞奇绝，徘徊不忍去"，便在洞中小憩半月，松弛征讨心情，续研心学，并将题写的七言律诗和"平浰碑"碑文镌刻在南北贯通，东西套串的"玉虚洞"洞壁上。"阳明小洞天""阳明精舍"，在大天窗下，字迹清晰可辨，这些石刻数量之多，内容之丰富，书法之精湛，形式之多样，保存之完好，堪称石刻艺术的宝库。

1982年，玉石仙岩石刻被列为省级重点文物保护单位。

1982年11月25日，龙南县人民政府在玉虚洞周围立了三块石碑，碑文注明保护相关事项。随后又浇筑了十几根2.5米高的长方形水泥桩，以阻止采石爆破等损坏玉虚洞的行为。

1983年10月至12月，八一电影制片厂《步兵侦察班》摄影组曾在玉石仙岩拍摄外景。

小武当

清·郑世逢

青山胜处信扶筇[1]，流水声中落叶重。

行尽白云方见寺，坐依红树忽闻钟。

壑含暮紫[2]分诸岭，天入清秋秀一峰。

惭愧浮生尘网误，却来初地得从容[3]。

> **注释**
>
> [1]扶筇：拄杖而行。
> [2]暮紫：紫色余晖。
> [3]惭愧句：很惭愧自己在这纷扰的红尘世俗中虚度了时光，被世俗的束缚所耽误，但现在回到最初的地方（可能是指心灵的原点、故乡或某种精神寄托之地），反而能够感到心境的从容与自在。这句话表达了作者对过去虚度时光的懊悔，以及对回归本真、获得心灵宁静的向往和欣慰。

小武当山

作者简介

郑世逢，浙江钱塘人。监生。康熙二十七年（1688）任龙南知县。创立龙城书院，筑杨坡堤，灌溉民田。三十一年（1692），家乡患水灾，大饥，发常平减粜以赈，民获安全。世逢秉性慈惠，实心行政。去世后，乡人为感念其德行，建祠祭祀。

作品赏析

这是一首颂扬小武当山自然美景的佳作，诗人通过描绘山峦叠翠、流水潺潺的景致，抒发了对大自然美景的无限热爱与向往，同时也表达了对尘世纷扰的超然与淡泊，展现了一种超脱世俗的心境。首联生动地勾勒出诗人手持竹杖，悠然自得地漫步于山林之中的形象，流露出一种随性自然、从容不迫的游览心态。诗中描绘了一幅流水潺潺、落叶飘零的宁静画面，视听元素的结合，营造出一种平和的氛围。颔联通过"行尽白云"与"坐依红树"的场景转换，展现了诗人在云雾缭绕中艰难前行，最终瞥见山寺轮廓的景象，将画面定格在一个静谧而神圣的瞬间。红树映衬下的山寺，钟声悠扬，既是对前文艰辛跋涉的回应，也是内心归于平静的象征，透露出一种淡淡的禅意。颈联进一步展开对自然景色的描绘，用"暮紫"来形容山谷间晚霞的色彩，将群山描绘得层次分明，彰显出大自然的壮丽与和谐。尾联则是诗人的自我反思与情感的升华。在领略了自然之美后，诗人不禁感慨自己被尘世所累，错失了太多美好时光。幸运的是，他找到了这片能够让他心灵得到安宁与从容的地方，表达了诗人对超脱尘世、回归自然生活的向往与追求。全诗语言晓畅，清新脱俗，情景交融，意境深邃。

景点链接

小武当山：位于江西省赣州市龙南县境内，是江西的南大门，地处赣、粤交界处。它是以丹霞峰丛——峰林地貌自然景观、赣南客家围屋人文景观为主要风景资源特色，以观光览胜、文化欣赏、休憩游乐、康体养生为主要功能的国家级风景名胜区。景区面积30.8平方公里，由武当、关西两大片区组成，其中包括武当峰、玉笔峰、棋棠山、关西围四个景区和燕翼围、乌石围、太平桥和蔡屋古榕四个外围独立景点。景区内景点繁多、景观奇特，最具代表性的景点有武当峰、将军峰、双象凌空、金龟出山、玉兔奔月、定海神针、神猴亮相、姊妹峰、王母峰等景点。尤以"自古武当一条链"——铁索云梯最为知名，是登武当峰览胜的铁索之道。南武当是典型的丹霞地貌，群岩俊秀、峰峦叠嶂、形如剑戟、气势磅礴，周边森林面积上百万亩，是一座天然大氧吧。

2017年3月21日，被国务院评定为第九批国家级风景名胜区。

2017年10月31日，被评为国家4A级旅游景区。

关西围屋

关西围屋：又称"关西新围"，始建于清嘉庆三年（1798），竣工于道光七年（1827），是关西名绅徐名钧所建，迄今已有200多年的历史。后人为与其居老围区别，故称之为"新围"。位于龙南市关西镇，由关西新围、西昌围等不同风格的客家围屋构成。新围占地面积达7426平方米，建筑面积达11477平方米，集住宅、祠堂、书院、城堡于一体。围屋内建筑的雕刻，无论石、木都技艺精湛，美观得体，这些设计将客家围屋、赣派建筑与江南园林融为一体，彰显了建筑与自然的和谐之美。它是迄今国内发现保存最为完整、规模最大、结构和功能最为齐全、最具代表性的赣南客家围屋。

2001年，被国务院列为第五批全国重点文物保护单位。

2003年，被江西省政府列为第一批省级历史文化名村。

2008年，被评为国家4A级旅游景区。

关西围屋群：位于江西省龙南市关西镇，距龙南城区约23公里，由关西新围、西昌围、田心围、鹏皋围、福和围等构成，系徐氏家族所建。关西围屋群内的各围屋谱系清楚，传承有序，清晰地展现了赣南地区传统村落建筑从村寨—村围—围屋的变迁过程。同时，关西围屋群内的各围屋分布有序，互为关联，周边农耕系统完整，生态环境良好，完整地记录了一个成熟的赣南客家宗族村落的繁衍发展史。

2012年，关西围屋群入选中国世界文化遗产预备名单，标志着赣南围屋获得了通向世界文化遗产的入场券。

2023年，关西围屋群被中国侨联确认为第十一批中国华侨国际文化交流基地。

燕翼围

　　龙南世客会主场馆：位于江西省龙南市马牯塘金水大道与105国道交叉处。总建筑面积约249584.41平方米。龙南客家文化城以"第32届世客会主会场、4A级旅游景区、网红打卡点、市民休闲中心"为定位，是集体验龙南客家文化、非遗展示以及旅游观光、休闲娱乐、商贸、夜间经济等功能于一体的龙南城市新名片、城市新客厅，也是举办2023年第32届世界客属恳亲大会的主会场，列入了龙南新八景之一。

定南县

岿美山

明·徐先登

晴峦万叠簇芙蓉，身入青霄第一峰。

古路寒云[1]支断栈，悬崖夜雪倒枯松。

金堂[2]仙鼠[3]凭危峡，神阙[4]羚羊走石牖[5]。

我欲结茅山顶上，翠微深处好扶筇[6]。

注释

[1]寒云：寒天的云。

[2]金堂：华丽宏伟之堂。

[3]仙鼠：蝙蝠的别名。

[4]神阙：神仙居住的地方。

[5]石牖：石窗。

[6]扶筇：拄杖而行。

作者简介

徐先登，字文岸，别号自牧。少孤，事母至孝。家贫力学，常读书豫章之澹台祠。师事南昌舒碣石。舒碣石时以文章著名海内，徐先登为门下高弟。徐先登晚益心古学，穷极根底。其为文简古质实，绝去浮蔓；诗亦名动一时。于都籍阳明后学易学实为其作墓志铭。

作品赏析

这首诗不仅颂扬了岿美山自然风光的壮丽，更深刻揭示了诗人内心的情感波动与高远志向。开篇即以宏大的视野，引领我们进入一个阳光明媚、群山连绵的仙境。诗人立于山巅，俯瞰连绵不绝的山峦，心中满是对大自然鬼斧神工的赞叹，同时也流露出一种超脱世俗、追求心灵自由的境界。古老的山路被寒云轻轻环绕，破损的木桥在云雾中时隐时现；夜晚时分，白雪覆盖了陡峭的悬崖，一株枯松在风雪中顽强挺立，摇曳生姿。诗人以非凡的想象力和细腻的笔触，勾勒出两幅令人叹为观止的自然奇景。在那金碧辉煌的殿堂深处，仿佛有仙鼠在幽深的山谷中悠然栖息，而神秘的洞穴内，羚羊在石窗间轻盈穿梭，更显神秘莫测。最终，诗人直抒胸臆，表达了自己内心深处的渴望与追求。他梦想在山顶搭建一座简陋的茅屋，远离尘嚣，隐居于此，每日手持竹杖，漫步于翠绿的山林之间，享受那份难得的宁静与淡泊。全诗笔触细腻，诗人以其独特的艺术风格，为我们展现了一个既真实又梦幻的世界。读罢此诗，不禁让人心生向往，寄情山水，寻觅那份属于自己的心灵净土。

景点链接

岿美山：岿美山位于江西省赣州市定南县城南三十多公里，因盛产优质钨矿而闻名遐迩。岿美山主峰名为"登高崬"，海拔约1062米，隶属江西最南端的九连山脉，是定南的第三高峰。岿美山是中国五大钨矿山之一，有着"钨都王国"的美誉。岿美山的雾景以其独特魅力著称，"岿山宿霭"这一景象更是曾被誉为定南古八景之一。此处的雾，其浓淡程度与持续时间均依据地理位置的不同而展现出各异的风貌，而起雾的具体时间亦因地而异，有的早至晨光初破，有的则迟至暮霭沉沉。尤为值得称道的是，春雾与秋雾之时，景色更显壮观，令人叹为观止。登高崬与东面的三将军山、西面的阿公崬三者，犹如三足鼎立，共同环绕并形成一个形似长葫芦的小盆地。而岿美山镇，便恰好坐落于这一独特地貌的怀抱之中，地处定南县的西南角，与广东省和平县相邻。该镇不仅拥有丰富的矿产资源，是江西省重要的生态文明建设示范镇和乡村振兴示范镇。岿美山镇的生态环境良好，森林覆盖率高达81.44%，是东江流域重要的饮用水源地。

虎形围：虎形围位于江西赣州定南县历市镇车步村方屋排组，始建于清乾隆五十一年，距今已有230多年历史。围屋外呈方形，前宽40米，纵深33米，占地面积1320平方米，坐西北朝东南，背靠虎形山，大门被特意塑造成虎头形状，乍一看，整座围屋酷似一头百兽之王昂首注视前方，因此得名"虎形围"。虎形围是赣南众多客家围屋中唯一采用肖形构思设计的建筑，是赣南围屋造型艺术的杰出代表之一，也是赣南客家建筑文化中的一朵奇葩、一个经典。

虎形围

全南县

新兴温泉

清·谭垣

润下何曾异？兹泉迥不群。

独含温玉色，直自滥觞[1]分。

气接千峰雨，春归一坞云。

临流欣赏处，水国正氤氲[2]。

祓濯[3]循前事，盈盈水一湾。

野花香远近，谷鸟韵緍蛮[4]。

地僻薰风满，林深夕照还。

好携童冠侣，埽石听潺湲[5]。

注释	[1]滥觞：水流发源的地方。因其水量非常浅小，仅能浮起一个酒杯，故成为"滥觞"。后比喻事务的开端、起源。
	[2]氤氲：烟雾弥漫的样子。
	[3]祓濯：清除污垢。
	[4]緍蛮：鸟叫声。
	[5]潺湲：拟声词，形容水流声。

作者简介

谭垣，字牧亭，号桂峤。江西龙南人，同进士出身。乾隆十三年（1748）登戊辰科进士。曾任建宁府政和县知县。乾隆二十九年（1764）五月，调任台湾府凤山县知县。任内缉盗安民，重视地方建设。三年后届满，士民依依不舍，刻立"大邑侯谭公德政碑"以为纪念，其碑在凤山县旧城（今高雄左营）敕建天后宫，战后置于新吉庄兴隆净寺内。谭垣后升任道员。

作 品 赏 析

　　这首诗勾勒出一幅新兴温泉的自然奇景，描绘了人们沉浸于美景之中，流连忘返，尽情享受大自然的馈赠。诗中蕴含着诗人对自然之美的无限憧憬，以及对灵魂净化的深切渴望。泉水潺潺流淌，其润泽之力有何独特之处？然而，这泉水却显得格外非凡，卓尔不群。它独自拥有着如玉般温润的色泽，似乎从源头便携带着纯净与高雅的气息，细流涓涓，自其发源地缓缓而来。泉水的气息与周围山峰之巅的雨露交融，春天的气息凝聚在这片山谷的云雾之中。站在泉水旁，只见水面蒸腾着氤氲的水汽，宛如置身于一个水的仙境。沿着前人洗涤身心的路径，来到这清澈见底的水湾。野花的芬芳随风飘散，时而遥远，时而临近，山谷间鸟鸣声此起彼伏，清脆悦耳，宛如一曲动听的乐章。尽管地处偏僻，这里却充满了温暖的微风，林木葱郁，夕阳的余晖依然能够穿透树梢，洒在这片土地上。这真是一个绝佳的去处，不妨邀约孩童与老友，一同清扫石径，静坐聆听泉水的潺潺声，享受这份宁静与美好。诗中语言清新脱俗，简洁质朴，情景交融。

景 点 链 接

　　新兴温泉：在今全南县境内，清代为龙南县的新兴堡，称"热水潮"。

寻乌县

青龙岩[1]

清·吴用今

青龙风景最清幽，振锋三年始得游。

绝壁有岩皆起阁，归僧无路独乘舟。

迂回细径云边转，一道寒溪寺下流。

且喜此身非俗吏，山灵应不厌搜求。

岚光一片乱林西，流水桃花路不迷。

洞口喷云千仞立[2]，山腰来雨万峰齐。

顿忘岩下皆龙窟，惟爱桥边似虎溪。

可惜东西各胜地，往来游客未留题。

注释

[1] 青龙岩：青龙岩（又名龙岩仙迹），是"寻乌八景"之最，远近闻名，由寺庙、岩洞、山水、石观音等组成，气势磅礴、风景幽美。

[2] 仞立：比喻山崖像墙壁一样陡立。

作者简介

吴用今，字鹤汀，德化（今江西九江）人。康熙二年（1663）举人。康熙二十二年（1683）任长宁县（今寻乌）教谕。

作品赏析

青龙岩位于江西省赣州市寻乌县，是著名的丹霞地貌景点，也是寻乌县古八景之一。它因山上的寺庙和壮丽的山景而得名"东江源头第一岩"。青龙岩的历史可追溯至唐朝，明朝正德年间建立，一直是香火旺盛的宗教场所。此外，这里曾是古代赣南至闽粤的古驿道，至今仍保留着古商道的痕迹。

自古以来，文人墨客酷爱吟咏山水之美。在寻乌县担任教谕的吴用今，曾赋诗一首，对青龙岩的美景赞不绝口。青龙山的风景极为清幽雅致，诗人等待了三年，终于有机会一游此地。那陡峭的绝壁上，只要有岩石的地方，都建起了楼阁。而归来的僧侣们却选择独自乘船，因为找不到直接下山的路径。小路蜿蜒曲折，在云雾缭绕中盘旋而上，一条清冷的溪流从寺庙旁潺潺流过。诗人庆幸自己并非俗世官吏，得以自由探寻，相信山中的神灵也不会厌烦诗人这样的寻幽探胜之人。西边树林深处，一片山岚之光缭乱迷人，流水与桃花相映成趣，让人忘却了路途的遥远与迷茫。洞口云雾喷涌，仿佛千仞高峰直插云霄，山腰间雨云汇聚，万座山峰一同沐浴在雨中。诗人瞬间忘却了这里曾是龙窟的传说，只爱那桥边景色，宛如陶渊明笔下的虎溪一般令人陶醉。诗人尾联略带遗憾地指出，尽管青龙岩等东西方胜地美不胜收，但往来的游客却未能留下足够多的题咏，似乎在呼吁更多人发现并珍惜这些自然与文化的瑰宝，同时也为全诗留下了一丝未尽之意，引人深思。全诗笔触细腻、意象丰富、情感真挚，展现了青龙岩的自然美景与诗人的内心世界，是一首值得细细品味的佳作。

安远县

望九龙嶂

清·刘定京

远望城南嶂，联分若九龙。

石鳞摩赤日，苇鼮[1]动飙风[2]。

翁雾迷朝雨 ，歆云映夕虹。

千秋头角见，沛泽[3]亮天工。

注释

[1]苇鼮：一种怪兽。

[2]飙风：暴风，疾风。

[3]沛泽：指古代的沛邑大泽，相传是汉高祖刘邦斩白蛇的地方。

作者简介

刘定京，字功靖，号镜塘，江西金溪（今江西抚州）人。举人。科举考试被录取明通榜，乾隆十四年（1749）任安远县教谕，十五年（1750）纂修县志。

作品赏析

这首诗淋漓尽致地展现了九龙嶂的自然景观。它不仅赞美了自然，还承载了诗人对大自然的无限热爱与敬畏。从远处眺望城南那座巍峨的山峦，其连绵起伏的山脊宛如九条巨龙并排而卧，气势恢宏。嶙峋的山石在阳光照射下闪耀着赤红的光芒，仿佛龙鳞在熠熠生辉；而山间的芦苇随风摇曳，密集的芦苇叶如同龙须，在狂风中翩翩起舞。清晨，浓雾缭绕山间，视线模糊，仿佛整个世界都被神秘的迷雾所笼罩；而当夕阳西下，绚烂的云彩映照出斑斓的晚霞，与横跨天际的彩虹交相辉映，美得令人窒息。这座山峰历经岁月沧桑，依旧保持着其独特的雄姿与锐气，展现出山势的峻峭和独特魅力。它之所以如此壮观，全赖于大自然无尽的恩泽与鬼斧神工的造化之力。诗人不禁感叹：九龙嶂的每一处景致都是对大自然鬼斧神工的赞颂，是大自然精心雕琢的杰作，天工之美跃然纸上，令人叹为观止。全诗的意象栩栩如生，语言精妙绝伦，寓意深刻而悠远。

景点链接

九龙嶂：位于安远三百山西北部，欣山、新龙、凤山、镇岗四乡镇的交界地带。东西绵延17公里，九座山峰高耸入云，山脊蜿蜒曲折，宛如一道天然屏障。主峰海拔高达1106米，总面积覆盖50平方公里。这里山峦起伏，岩石嶙峋，瀑布飞泻，云雾缭绕。山中出产的九龙茶，曾是朝廷贡品。此外，这里还是赣南采茶戏的发祥地。山上不仅有龙潭、仙人堆石、石锣鼓等自然奇观，还蕴藏着丰富的人文历史，如文天祥曾经活动过的遗址——救民寨。

三百山：位于赣州市安远县东南部边境，是安远县东南边境诸山峰的合称。三百山，有奇峰、林海、瀑布、温泉，50多处飞瀑和20多条溪流汇成了东江之源。景区内森林覆盖率达98%，主峰海拔1169米，最低处海拔320米，属寒武纪火山。其景区总面积197平方公里，拥有福鳌塘、九曲溪、东风湖、仰天湖、尖峰笔等5大游览区域。景观集火山构造、奇峰幽壑、清溪碧湖、飞瀑深潭等诸奇景于一体，熔清幽、奇秀、雄险、古朴等特色于一炉。被誉为"天然氧吧""避暑胜地"，并有"东江源头"的美称。三百山现为国家级风景名胜区、国家森林公园、国家5A级旅游景区、饮水思源·香港青少年国民教育基地、全国首批保护母亲河生态教育示范基地。

2022年，文化和旅游部正式确定三百山景区为国家5A级旅游景区。

安远东生围：位于江西省赣州市安远县城南20千米的镇岗乡老围村，俗称老围。建于道光二十二年（1842），距今已有180多年的历史，是全国重点文物保护单位，被称为"中国最大方形客家围屋"。

2013年，东生围被国务院公布为第七批全国重点文物保护单位。

2017年12月，东生围景区被评为国家4A级旅游景区。

信丰县

吟桃江八景·花园早春

明·王伦

簇簇林深隐隐红，石冢^[1]锦帐矮墙东。

落梅地湿消香雪，飞絮枝柔贴^[2]暖风。

拾翠人游残腊^[3]后，催耕鸟弄上元^[4]中。

炎凉南北从来别，莫对春光怨不公。

信丰阁

信丰县

吟桃江八景·花园早春

明·王伦

簇簇林深隐隐红，石冢[1]锦帐矮墙东。

落梅地湿消香雪，飞絮枝柔贴[2]暖风。

拾翠人游残腊[3]后，催耕鸟弄上元[4]中。

炎凉南北从来别，莫对春光怨不公。

信丰阁

> 注释
> [1]石冢：由石头堆砌而成的坟墓。
> [2]飐：摇曳。
> [3]残腊：农历年底。
> [4]上元：元宵节。

作者简介

王伦，字汝言，号节斋。浙江慈溪人，祖籍陕西铜川。出生于官僚家庭。明成化二十年（1484）进士，历官礼部郎中、广东参政、湖广右布政使、副都御史、湖广巡抚。因父病精医。王氏从政期间，坚持医事活动。著有《明医杂著》六卷、《本草集要》八卷和《医论问答》《节斋胎产医案》《节斋小儿医书》等。

作品赏析

这首诗绘就了一幅早春时节花园中生机勃勃、春意盎然的美丽画卷，不仅展现了自然之美，更蕴含了诗人对时令变迁的深刻感悟与豁达情怀。诗人巧妙地用"簇簇林深"描绘出林木繁茂的背景，而"隐隐红"则细腻地揭示了早春时分，桃花、杏花等初绽的花卉，它们虽未完全盛开，却已将春意透过绿意透露出来，引人无限遐想。诗人细致地描绘了早春的景象：地面上，湿润的落梅花瓣柔软如消融的香雪；树枝上，轻盈的柳絮随风飘扬，在温暖的风中翩翩起舞。随后，诗人巧妙地将视角从自然景观转移到人间生活。随着残冬的结束，春意渐浓，人们纷纷走出家门，到花园中寻找春色，享受游玩的乐趣。同时，催春的鸟儿在元宵节前后欢快地歌唱，预示着农忙季节的临近。然而，世间万物因南北地域的差异而气候冷暖不一，这是自古以来的自然规律。因此，在春光普照之下，我们不应抱怨命运的不公，因为每个地方都有其独特的风景和时令之美，表达了对自然规律的深刻理解以及对生活的豁达态度。这种超然物外、顺应自然的心态，正是诗人对生命哲学的深刻洞察和体现。

景点链接

信丰阁：位于江西赣州信丰县西南处，立于谷山之巅，可俯瞰信丰全景。截至2022年7月，高50.988米，占地面积8.9亩，信丰自古有"饶谷多栗，人信物丰"的美称，因此得名信丰阁。信丰阁建筑群主要有主阁、人信广场、观阁台等，其整体形态犹如巨龙，伏卧于峦山之巅，是信丰县谷山森林公园的核心景观和标志性建筑物。

赣南脐橙博览园：中国赣南脐橙博览馆是目前全国首家以"脐橙"为主题的大型参观展馆，整个展馆占地6000平方米，全展馆包括了3D动态脐橙树、领导关怀、实景沙盘、脐橙发展史、脐橙文化、脐橙育苗、橙园生态、农夫山泉17.5°、智慧农业、农业科技展示馆、互动体验等，是集文化传播、研学科普、创新科技、科学研发为一体的大型综合性现代展馆。

瑞金市

登陈石山 [1]

明·罗洪先

竹杖芒鞋恣浪 [2] 游，寒风吹急 [3] 数声秋。

风摇碧嶂青虬 [4] 动，瀑泻高岩白练流。

洞口烟霞 [5] 常自起，山间花鸟为人留。

偶题陈石云生笔，迥阁 [6] 当年素愿酬。

注释

[1]陈石山：又名罗汉岩。"陈石流青"是瑞金八景之一。

[2]恣浪：恣意地漫游。

[3]吹急：风吹。

[4]青虬：青龙。

[5]烟霞：烟雾和云霞，也指山水胜景。

[6]迥阁：高远的阁楼。

作者简介

罗洪先（1504—1564），字达夫，号念庵，江西吉水人。明理学家、地理制图学家、江右王门学派代表人物。明嘉靖八年（1529）状元，授翰林院修撰，迁左春房赞善。被罢归后，终日著书讲学。次年，请告归。后召拜春坊左赞善，因上疏议获罪，削籍为民后回归故里。他一生的主要成就在理学和地图学方面，在文学方面也有一定的造诣。尤以地图学贡献卓著。他精心绘制的两卷《广舆图》，是我国历史上最早的分省地图集。罗洪先在绘制地图方面的建树，在世界地图绘制领域占有一席之地。罗洪先堪称与墨卡托同时代的东方最伟大的地图学家。嘉靖四十三年（1564）去世。卒后赠光禄少卿，谥文庄。著有《念庵集》22

卷，另有《冬游记》《广舆图》传世。

作品赏析

诗人以陈石山的自然景观为背景，勾勒出一幅生动的画面。开篇便以"竹杖芒鞋"这一朴素的装束，彰显出诗人淡泊名利、随遇而安的生活哲学。在秋风萧瑟的季节，诗人选择了无拘无束、随心所欲的旅行方式，这不仅是对身体自由的向往，更是心灵对自然纯净亲近的渴望。接下来的诗句中，诗人巧妙地运用比喻和夸张，将大自然的壮丽景象描绘得栩栩如生。山峦宛如碧绿的屏障，在风的轻拂下，似乎有青色的虬龙在其间舞动，为静止的山峰注入了生动的活力。随着诗人的深入探索，他来到了一个宛如仙境的所在。洞口常有烟霞缭绕，增添了几许神秘与仙气；山间鸟语花香，仿佛是大自然特意为游人准备的绝美风景。在游览即将结束之际，诗人情不自禁地将所见所感凝聚于笔尖，题写于陈石之上。在陈石山的壮丽景色中，诗人找到了心灵的归宿，实现了对自由与美好的追求。这首诗不仅是一幅描绘自然风光的佳作，更是一首抒发诗人情感、传达人生哲理的诗篇。全诗语句清丽，意境深远，堪称歌咏陈石山的佳作。

景点链接

罗汉岩景区：相传南北朝时期，陈武帝曾经在罗汉岩居住过，故此得名"陈石山"。罗汉岩景区位于江西省瑞金市北面，离市区约20公里，海拔500多米，山水相依，属丹霞地貌。后来有僧人在此地挖掘出十八尊石罗汉，因此此山又名为"罗汉岩"，是江西省十大名山之一。景区内湖、潭、谷、岩、峰等各种景观十分丰富，自古就以"峰险、岩奇、洞幽、泉清、水秀"的奇美风光而吸引无数名人登临题咏。宋代大学士苏东坡被贬官岭南时曾经游历此处，对罗汉岩山水倍加赞美；明代才子王明阳也留下了许多赞誉的诗句。景区内著名景点有：陈石清流、蜡烛峰、渔罗潭、撑腰岩、一线天、一百零八罗汉、试剑石、大寨门、猪肝心肺、蝙蝠洞等。罗汉岩风景名胜区是省级重点风景名胜区、省级森林公园风景名胜区，是国家4A级旅游景区。

游云龙桥

清·杨晨俸

偃蹇[1]虹桥跨古洲，长江一道数分流。

经营[2]端端贤侯力，忭舞[3]欣闻父老讴[4]。

风定惟樯相上下，月明鸥鹭杂沉浮[5]。

定知能吏联吟[6]处，各共溪心万古留。

云龙桥

作者简介

杨晨俸，清代文人，诗风清丽婉约，擅写山水景物与人物胜迹。

作品赏析

　　这首诗是诗人对云龙桥及其周边自然风光的无限赞美，同时也寄托了对贤能之士的敬仰。开篇诗人以宏大的笔调勾勒出云龙桥横跨古洲的雄伟景象，并进一步强调了云龙桥所处的地理位置之重要，它不仅是一座桥，更是自然与人文交汇的见证者，展现出大自然的鬼斧神工与人类智慧的完美结合。诗人将笔触转向了建造云龙桥的贤能之士，记录他们精心策划、不辞辛劳的建桥过程，表达了对这些贤士的深深敬意，又通过描绘百姓们载歌载舞、欢声雷动的场景，展现了云龙桥建成后给当地带来的便利与喜悦，以及民众对贤能之士的感激之情。这不仅是对个人功绩的颂扬，更是对为民造福、深得民心的政治理想的追求。转角又将视角转向云龙桥周边的自然风光，描绘了一幅风平浪静、月明星稀的宁静画面。风停之后，唯有船桅在轻轻摇曳，月光下，鸥鹭或飞或栖，与水波共舞，展现出一种超脱尘世的宁静与和谐。最后，诗人将思绪拉向未来，想象着那些有能力的官吏们在此地吟诗作画、共赏美景的情景，并预言他们的才情与云龙桥的美景将一同被历史铭记，万古流芳。全诗以其独特的艺术魅力，将云龙桥的壮丽景象、贤能之士的功绩、自然风光的宁静以及深远的历史寓意巧妙地融合在一起，是一首脍炙人口的佳作。

景点链接

　　密溪古村：位于江西省瑞金市九堡镇凤凰山下，是江西省第一批省级历史文化名村。因境内有三条小溪流过而得名，屋宇多为坐北朝南，面对南边的水口，先人"依山造屋，傍水结村"而成，有"背山面水，负阴抱阳"之势。四座古"风水塔"依东、南、西、北四个方向建在远处山顶上，犹如四道屏障，紧护着密溪村。密溪古村现存近百幢大大小小的古民居，多为明清时期所建，规模宏大的主要有罗氏大宗祠、罗应文公祠、应宗公祠、石泉公祠、淳夫公祠、皋泽公祠、蜜蜂太公祠等十几处，一般占地面积都在三四百平方米。密溪开址建村已有700多年的历史。村庄内保存有大量明清古建筑。密溪村古建筑群，浸透着历史风霜，历史文化积淀深厚，是中华优秀传统文化中一份珍贵的遗产。

　　2003年，该村获评为江西省首批历史文化名村。

　　2014年，被列入"中国传统村落"名录。

　　2019年，获评为全国生态文化村。

石城县

福村八景·龙泉砥柱

宋·刘复初

汪汪[1]千倾碧云端，滚滚[2]波涛六月寒。
一石中流[3]番不动，直扶灵物笃风抟[4]。

> **注释**
>
> [1]汪汪：形容水深而宽广。
> [2]滚滚：水流急速翻腾向前。
> [3]中流：河流的中央。
> [4]抟：盘旋。

作者简介

刘复初，字屏峰，江西石城人。进士，顺元府府尹。今存有七言绝句《龙泉砥柱》《狮石仙书》等诗作。

作品赏析

首句形容水面广阔，给人以浩渺无垠之感，将水面与碧云相接，营造出一种天水一色、景致迷人的画面，仿佛置身于那碧波荡漾、云雾缭绕的仙境之中。次句笔锋一转，由静转动，描绘出水势的汹涌澎湃给人以强烈的视觉冲击，又巧妙地运用夸张手法，突出波涛带来的凉爽与寒意，即使在炎热的六月，也能感受到这份来自自然的清凉。笔锋再转，由动转静，引出一块砥柱中流的巨石，巨石在汹涌的波涛中屹立不动，稳如泰山，形成了一道独特的风景线。末句是对巨石寓意的进一步升华，巨石在风雨中屹立不倒，展现出顽强的生命力与坚韧不拔的精神。此诗风格古朴典雅，动静结合，清新恬淡，描绘了一幅既美丽又富有哲理的福村画卷。

景点链接

闽粤通衢： 又名镇武楼，旧称元帝阁，位于石城县城廓头街，始建于明万历庚戌年（1610），清康熙丙辰（1676）重修，并署其门曰"闽粤通衢"；乾隆甲申（1764）复修，并加勒其名于门额。清代以前是石城旧城北关门楼。镇武楼是一座造型独特的城楼。楼内通长12米，有阁楼、瞭望窗，上下关联，气势雄壮。

2018年，入选第六批江西省文物保护单位。

宝福院塔： 又名"宝福塔"。位于江西省赣州市石城县琴江镇梅福村，地处琴江河东岸，始建于北宋崇宁元年（1102），落成于大观四年（1110），比石城建县的南唐保大十一年（953）晚150余年。宝福院塔结构精巧，造型独特，既保存了盛唐遗风，又有典型的宋代风格，是客家先民将中原文化与闽粤特色融合的结晶。塔身砖木结构，七级六面，呈竹节钢鞭形；塔高59.8米，建筑面积1982.12平方米；底层对边直径为10米，对角直径为12米，内空直径为2.6米，墙厚3.7米，墙外边长5.6米，自下而上逐级微收。每级有六扇门，三开三闭。檐角悬挂铜铃，风吹铃动，声播江城。飞檐重迭，朱漆镏金，光华夺目。饶平座可穿壁而上塔顶，登临远眺，远近山川、江城风貌尽收眼底。

1959年，宝福院塔被江西省人民政府公布为江西省重点文物保护单位。

2006年5月25日，宝福院塔作为赣州佛塔的组成部分，被国务院公布为第六批全国重点文物保护单位。

福村八景·狮石仙书

宋·刘复初

男儿何不学文章，屏石棱棱^[1]翰墨^[2]香。

月白风清甘露^[3]润，自生神彩映台光。

注释

[1]棱棱：威严的样子。

[2]翰墨：借指文辞或书画。

[3]甘露：甘甜的露水。

作品赏析

这是一首描绘福村美景与劝勉学子的佳作。诗人以直接而有力的语言，向男儿发出劝学的呼唤。男子汉为什么不去学习文章学问呢？摒弃那些粗粝的石块（比喻放弃世俗的纷扰或粗浅的追求），沉浸在书写与学问的翰墨香气之中。诗人笔锋一转，开始描绘福村的美景。月夜之下，清风拂面，甘露润泽，营造出一种宁静而美好的氛围。这样的景致，不仅令人心旷神怡，更是学子们静心学习的理想环境。诗人将狮石与学问的成就相联系，形象地描绘出它们自身的光彩映照着台光。此处的"神彩"与"台光"相互映衬，形成了一种辉煌而耀眼的景象。由此可见，诗人意在鼓励男子追求学识与文采，期望他们通过不懈地学习与创作，提升自身的修养与才华，以便在恰当的场合中能够光芒四射，展现出卓越的魅力。整首诗作充满启示性，彰显了诗人深厚的文学底蕴和独树一帜的艺术风格。

石城通天寨

明·黄嘉谟

林蔚秋阴遍，岩虚旭影含^[1]。

幽通断石径，静息夹崖庵。

双袖携晴翠，群峰落晚蓝。

灵明窥彻处，山窍^[2]作禅参^[3]。

注释

[1]影含：光影斑驳。

[2]窍：洞穴。

[3]禅参：佛教用语，静坐思虑，专注做某事。

石城通天寨

作 者 简 介

　　黄嘉谟，字入献，号两溟。赣州石城人。博览群书、克敦孝友。任连州州判，两摄州篆。归里，家中清贫简朴，以诗礼训子，皆成才，加惠后学，领袖文坛。

作 品 赏 析

　　这是诗人描绘其家乡石城通天寨自然景观的诗作。诗人运用细腻的笔触，生动地勾勒出通天寨秋天的景象：树林郁郁葱葱，秋日的阴霾弥漫其间，营造出一种深邃而神秘的氛围。岩石间隙则显得空灵而充满活力，晨光洒落，斑驳陆离的光影仿佛预示着无尽的生命力与希望。诗的节奏层层推进，引领我们深入这个宁静的世界。一条断续的石径，在茂盛的林间蜿蜒伸展，似乎通向一个未知而神秘的领域。而两侧悬崖夹峙的庵堂，显得格外宁静与平和，宛如一个远离尘世喧嚣的桃花源。诗人接着以栩栩如生的描绘，表达了自己在美景中的感受。他似乎将满目苍翠尽收袖底，带着这份自然的馈赠继续他的旅程。远处的群山，在傍晚余晖的映照下，逐渐被一层深邃的蓝色所覆盖，更添了几分神秘与壮丽。最终，诗人借助景物抒发情感，仿佛在这个幽静的环境中，洞察到了某种灵性的真谛。山间的洞穴，也仿佛成了他参禅悟道的场所，在那里他领悟到了生命的深邃意义与宇宙的奥秘。整首诗既富有画面感，又充满了哲理与思考，是一首值得细细品味的佳作。

景 点 链 接

　　石城通天寨：位于石城县县城东南5公里处的琴江镇前江村、大畲村境内。景区因寨上主岩"外如两指相箝，内若两掌半合，仰视苍穹通天"而得名，素有"石怪、洞幽、泉美、茶香、佛盛"之美誉，亦有"千佛丹霞，通天胜境"之美称。景区规划面积27.1平方公里，境内山石险峻，峰峦璀巍，主峰海拔601.7米，景区景点相对集中，寨上景点密集，有龟裂凸包石、石笋干霄（生命之根）、通天岩（生命之门）、千佛丹霞等，可观通天三绝、寻古老庙宇、听天籁之音，人文景观和自然景观交相辉映，是一处以农业观光、运动休闲、地质科普和佛教朝圣为主的综合旅游区。石城通天寨景区是国家4A级旅游景区、国家地质公园。

会昌县

萧帝岩

元·张鉴

昔闻萧帝读书岩，今日来游驻马[1]看。

危磴[2]倚云岚气湿，飞泉如雨水声寒。

山猿度险攀苍树，石燕栖楼立碧阑。

最忆禅房留宿处，夜深星斗挂檐端[3]。

> 注释
>
> [1]驻马：使车马停留。
> [2]危磴：高峻的石级山径。
> [3]檐端：屋檐的顶端，表现为高高翘起的形象。

作者简介

张鉴，深得元代理学家吴澄赏识，曾任景星书院山长。著有《春秋纲常》，已佚，据吴澄序可知为淮西人，生平无考。

作品赏析

萧帝岩，原名佛图岩，位于会昌县城南五十公里处，属周田镇梅子村地域。据清《会昌县志》载："相传齐武帝避难处"。《二十四史通俗演义》云：南朝齐武帝萧赜为赣令时因涉嫌谋反，朝廷追捕，曾避难于此。其父萧道成取代刘宋王朝称齐太祖，立萧赜为太子，后继皇位，改年永明，在位十一年。佛图岩因此易名"萧帝岩"。

这首诗是作者登临萧帝岩所写，描绘了一幅壮丽而又清幽的山水画卷，同时也寄托了诗人对萧帝岩的深厚情感与回忆。诗人早有耳闻关于萧帝在读书岩的传说，今日特地前来游览，驻足观赏。岩石上的石阶陡峭，仿佛紧贴着云雾，岚气缭绕，让人感觉空气都湿润了几分。飞瀑从高处倾泻而下，如同天降大雨，水声轰鸣中带着丝丝寒意。山间的猿猴勇敢地穿越险峻之地，攀附在苍翠的大树上；而石壁上栖息的燕子，则轻盈地站立在碧绿的栏杆旁。最让作者怀念的是曾在禅房中留宿的夜晚，那时夜深人静，满天繁星如同镶嵌在檐头，璀璨夺目。整首诗意境深远，情感真挚，是一首优秀的山水田园诗。

景点链接

汉仙岩

汉仙岩风景名胜区：位于江西省会昌县筠门岭镇，地处闽、粤、赣三省交界处，距瑞金约90公里，距赣州、龙岩、梅州市区约180公里。汉仙岩因八仙之一的汉钟离在此修炼成仙而得名，素有"虔南第一山"和"江南小蓬莱"的美誉。汉仙岩属于典型的丹霞地貌景观，由汉仙岩、汉仙湖、羊子岩、盘古山、羊角古堡等景区组成，总面积41.5平方公里。景区内风景资源独特，集自然景观与人文景观于一体，有赤壁丹崖，天生奇绝的地质景观；古寨崖刻，源远流长的人文景观；碧水仙山，江河蜿蜒的山水景观；古树参天，苍木劲枝的植物景观；还有云海雾涛，变幻莫测的天象景观。景观特色可以概括为丹崖碧水、古堡军寨、多元文化、古河航道等四个典型特质。

1995年，汉仙岩风景名胜区被列为江西省第一批省级风景名胜区。

2011年，汉仙岩风景名胜区被评为国家4A级旅游景区。

2017年，汉仙岩风景名胜区晋升为国家级风景名胜区。

羊角水堡

羊角水堡：古称羊角水，又名羊角堡、羊角水堡、羊角水城堡。位于江西省会昌县筠门岭镇羊角村，是目前江西赣南仅存的一处规模宏大的明清时期军事城堡，地处贡江主要支流湘水上游，城堡的东、西、南三面环水，北靠汉仙岩风景名胜区，地势险峻，易守难攻。堡内如今留存有三扇城门、古城墙、城隍庙、周氏宗祠等古建。

2006年，被公布为江西省第五批文物重点保护单位。

2013年6月，被国务院核定公布为第七批全国重点文物保护单位。

崇义县

游齐云山

清·吴之章

绝顶千馀仞，香台结半山。

云深藏院宇，磴曲费跻攀[1]。

刹影飘林外，钟声出雾间。

自应无俗扰，门可不长关。

何须人境[2]外，此已出尘氛。

山色当窗拥，松涛尽日闻。

茶烹蒙顶露[3]，稻种别峰云。

独惜阴霾起，迷离杳不分[4]。

齐云山

注释

[1]跻攀：攀登。

[2]人境：尘世，人世间。

[3]蒙顶露：蒙顶山上的甘露，形容齐云山之美可与蒙顶山媲美。

[4]独惜句：这句话的意思是唯独可惜的是天空突然阴云密布，使得视线迷离，远近都分辨不清。

作者简介

吴之章（1661—1738），字松若，号槎叟，江西省长宁县（今江西寻乌县）人，祖籍福建漳浦。"贞堂九子"之一。因其高风亮节和过人才情，成为文化区域内的名流，擅长书法和绘画。"诗名于赣上者数十年""才陵轹侪辈，诗坛酒社非君以执牛耳"，被推为当地文人圈子中的灵魂人物和精神领袖，其诗名随游踪而远播于湘、粤、闽一带。著有诗集《泛梗集》。

作品赏析

这首诗生动地勾勒出齐云山的壮丽风光和诗人游历山中的感受，彰显了山的巍峨、云雾的缠绕、庙宇的幽深以及山间的清静和超凡脱俗的氛围。首联"绝顶千馀仞，香台结半山"直接揭示了齐云山的高耸与庙宇的位置，为全诗定下了高远的基调。颔联"云深藏院宇，磴曲费跻攀"借助云雾的缭绕和曲折的石阶，传达了攀登的艰辛与山中景致的神秘。颈联"刹影飘林外，钟声出雾间"则以动态衬托静态，通过庙宇的倒影和钟声，加深了山中的宁静与超然。诗人在接下来的诗句中进一步表达了对这种超凡脱俗生活的渴望和颂扬。诗人认为，只要内心无俗念，何须远离尘嚣才能寻得清净之所；齐云山的美景已足够让他忘却世俗的纷扰。同时，诗人还通过"山色当窗拥，松涛尽日闻"等句子，栩栩如生地描绘了山中生活的宁静与美好。尾联"独惜阴霾起，迷离杳不分"透露出一丝遗憾，诗人对美景被阴霾遮蔽感到惋惜。然而，这也从侧面表明，即便是短暂的阴霾，也无法彻底遮掩齐云山的绝美与清幽。整首诗语言典雅，意境深邃，不仅展现了齐云山的自然之美，也寄托了诗人对超然尘世生活的向往与追求。

齐云山：位于崇义县思顺乡境内，地处南岭山系与罗霄山脉交会区的诸广山，与湖南省桂东县、上犹县交界，属江西诸广山脉，主峰海拔2061.3米，为赣南第一高峰，因山势高峻，山顶终日云雾缭绕而得名。齐云山总面积17105公顷，森林覆盖率高达97.6%，保存有南岭山地区原生性南亚热带与中亚热带过渡的常绿阔叶林森林生态系统，是中国生物多样性保护的关键地区。科学考察表明，齐云山生物种类繁多，保存了较完好的自然生态系统，孕育了独特的生物群落，成为野生动植物理想的生长繁衍场所。山中各种野生动、植物品种繁多，野生果品漫山遍野，盛产于齐云山的野生南酸枣就是江西绿色食品知名品牌、江西特产齐云山南酸枣糕的原材料。

1997年，江西省崇义县人民政府建立了齐云山县级自然保护区。

2004年，江西省人民政府将其批准为省级自然保护区。

2012年1月21日，国务院批准将齐云山自然保护区晋升为国家级自然保护区。

2023年11月30日，国家林业和草原局公布《陆生野生动物重要栖息地名录（第一批）》，江西齐云山国家级自然保护区入选。

崇义上堡梯田：位于江西省赣州市崇义县西北部山区，面积约3400公顷，主要分布在三个乡（镇）26个行政村。梯田最高海拔1260米，最低280米，垂直落差近千米，最高达62梯层。上堡梯田依山成形、因水而兴，有着悠久的历史文化底蕴。上堡梯田是同时拥有全球重要农业文化遗产和世界灌溉工程遗产"双遗产"荣誉的景区，是集农耕文化、客家民俗、高山梯田、非遗传承、研学探秘于一体的旅游综合体。

2018年4月，被评为"全球重要农业文化遗产"。

2022年6月，上堡梯田正式入选国家4A级旅游景区。

2022年10月，获评"世界灌溉工程遗产"，并被上海大世界吉尼斯评为"最大的客家梯田"。

2023年，入选红色基因水利风景区名录。

上犹县

犹石嶂

清·尹在寀

春风被拂满江皋[1]，飞阁凌云诗思豪。

千嶂梅冈栖晓雾，九廻[2]章水逐惊涛。

云横树薮花同舞，岩吸风声鸟共嘈。

自笑管花未入梦，愧无佳句出刘曹。

注释
[1]江皋：江的水岸边。
[2]九廻：曲折，蜿蜒。

作者简介

尹在寀，字优仕，上犹人。雍正年间贡生。

作品赏析

这首诗借助描绘春风拂面、楼阁高耸的景象，营造出一种辽阔而豪放的氛围，揭示了诗人在这种情境下的灵感迸发。晨雾缭绕的山峦与奔腾不息的江水，动静结合，相得益彰，既展现了自然界的宁静之美，又彰显了其雄浑的气势。颈联进一步生动地展现了自然界的生命力。云朵与花朵共舞，风声与鸟鸣交织，构成了一幅栩栩如生的自然画卷。这不仅体现了诗人对自然的敏锐洞察，也映射出他内心的平和与喜悦。在诗的结尾，诗人笔锋一转，表达了自身的遗憾与自谦，尽管置身于如此美景之中，却未能获得足够的灵感，创作出与古代文学巨匠相媲美的佳作。这种自我反思与谦逊的态度，不仅加深了诗歌的内涵，也让读者感受到了诗人对文学创作的敬畏之情。

江南宋城篇

宋城，是赣南文化最自信的历史。

赣州古城，历史悠久，历经千年积淀。赣州，古称"虔州"，它是一座保存宋代文物最多的滨水之城，因此有"江南宋城"的美誉。这里有古城墙、古浮桥、古石窟、福寿沟、八境台、郁孤台等众多历史遗迹。置身宋城博物馆，品味千年古韵，见证虔州千年繁华！

江南宋城，诗韵千年。大文豪苏轼与乡贤隐士阳孝本之间的对话，成就了一段流传千古的佳话，也促进了苏阳夜话亭的兴建。苏轼以一首《虔州八境图》赋予了八境台以新的光辉；而爱国将领辛弃疾则以一曲"郁孤台下清江水"使赣州的郁孤台声名远扬。

漫步古城墙，感受岁月沧桑，体验风雅颂。历代文人在此留下了众多的诗篇，宋城诗词延绵不绝，歌唱赣南古城，领略宋城之美。登城墙，眺赣江，过浮桥，跨赣江，观福寿沟，登郁孤台，赣南古城之宋韵，可谓尽收眼底。在赣州古城，您可以感受到千年文化的沉淀，体验到宋代古城的千年古韵。

登天竺寺[1]

唐·綦毋潜

郡有化城[2]最，西穷[3]叠嶂[4]深。

松门当涧口，石路在峰心。

幽见夕阳霁，高逢暮雨阴。

佛身瞻绀发[5]，宝地践黄金[6]。

云向竹谿尽，月从花洞临。

因物[7]成真悟，遗世在兹岑[8]。

注释

[1]天竺寺：位于赣州城内贡水东，原名修吉寺，始建于唐宪宗元和元年至十五年（806—820）。据说当年杭州灵隐寺住持韬光大师坐禅于此，重整古寺，改名天竺。

[2]化城：佛教语，一时幻化的城郭，后指佛寺。

[3]西穷：向西往远处走。

[4]叠嶂：重叠的山峰。

[5]绀（gàn）发：即绀睫，佛像之眉毛呈天青色（深青带红）。本句写天竺寺中佛像的庄严。

[6]宝地：指天竺寺。践黄金：用佛教故事，形容天竺寺的尊贵。相传印度舍卫城富商给孤独购祇陀太子的园林建精舍，用黄金铺地，请释迦牟尼来居住并说法。见玄奘《大唐西域记》卷六。

[7]物：指天竺寺的景物。

[8]遗世在兹岑：本句表示要离开尘世，在此山栖隐学。

作者简介

綦毋潜（692—749），字孝通，虔州（今江西赣州）人。唐代诗人。约开元十四年（726）前后进士及第，授宜寿（今陕西周至）尉，迁右拾遗，终官著作郎，后归隐，游江淮一带，后不知所终。綦毋潜才名盛于当时，其诗清丽典雅，恬淡适然，后人认为他诗风接近王维。《全唐诗》收录其诗1卷，共26首，内容多为记述与士大夫寻幽访隐的情趣，代表作《春泛若耶溪》选入《唐诗三百首》。

作 品 赏 析

这是一首意境深远的五言山水禅意诗，诗人以登临天竺寺的所见所感为线索，将自然景观与禅思哲悟完美融合。首联巧妙运用佛教"化城"典故，既点明寺院作为修行圣地的特殊地位，又通过"叠嶂深"三字营造出幽邃神秘的意境，为全诗奠定了空灵超脱的基调。诗中意象的选取极具匠心，"松门""石路"不仅勾勒出通往寺院的幽径，更象征着修行之路的艰辛；"夕阳霁""暮雨阴"的明暗对比，既展现了山寺气象的瞬息万变，又暗喻人生无常的深刻哲理。诗人对佛像庄严、宝地神圣的描绘，与寺外幽静的自然景观相得益彰，构成了一幅动静相宜的禅意画卷。"山川只询物，风云莫论身"等诗句尤为精妙，体现了诗人"以物观道"的禅悟境界。这种将自然景物与生命体悟相融通的表达方式，既彰显了诗人对佛教义理的深刻理解，又展现了对世俗羁绊的超然态度。全诗以细腻的笔触描绘天竺寺的山水胜景，又以含蓄的语言传达禅理哲思，完美诠释了唐代山水诗"诗中有画，画中有禅"的艺术特色。全诗意象清新隽永，意境空灵悠远，既有对佛门圣地的虔诚礼赞，又有对生命本真的深刻思考，堪称唐代禅意山水诗的典范之作，值得后人反复吟咏体味。

景 点 链 接

天竺寺：位于赣州城内贡水东，原名修吉寺，始建于唐宪宗元和元年至十五年（806—820）。据说当年杭州灵隐寺住持韬光大师坐禅于此，重整古寺，改名天竺寺。登于赣州古城墙东起点之处，可见隔岸郁郁葱葱的森林中，隐有一处寺庙，晴天之下烟雾升腾，故称之为晴岚。唐代古寺天竺寺深藏密林之中，唐代诗人白居易（字乐天）与韬光大师早有相识，互有诗赠。天竺晴岚不仅是宋代名士李朴的读书处，也是清代八景之一。

下赣石^[1]

唐·孟浩然

赣石三百里，沿洄千嶂间^[2]。沸声常浩浩^[3]，洊势^[4]亦潺潺^[5]。跳沫鱼龙沸^[6]，垂藤猿狖^[7]攀。榜人^[8]苦奔峭^[9]，而我忘险艰。放溜^[10]情弥远，登舻目自闲。暝帆何处泊？遥指落星湾^[11]。

注释

[1]赣石：在今江西赣江上游赣州至万安一段，赣江十八滩处，中多险滩，怪石如铁骑，夹岸青峰如屏。《陈书·高祖纪》载："南康赣石旧有二十四滩，滩多巨石，行旅者以为难。"

[2]沿洄：水流经过。顺流而下曰沿，逆流而上曰洄。嶂：山峰相连如屏障。

[3]浩浩：水流湍急声。

[4]洊（jiàn）势：漫衍的水势，这里指江水流过浅滩时的情状。

[5]潺潺（chán）：水流声。

[6]鱼龙沸：水面沸腾好像鱼和龙在水中跳跃似的。

[7]狖（yòu）：猿的一种，俗称长尾猿。

[8]榜人：船长。司马相如《子虚赋》："榜人歌，声人喝。"

[9]奔峭：陡峭。谢灵运《七里濑》诗："孤客伤逝湍，徒旅苦奔峭。"

[10]放溜：任船自由顺行。

[11]落星湾：位于江西星子县附近的鄱阳湖中，相传有星坠落于此，周围百余步，高五丈，上生竹木，俗名落星石，因此又名为"落星湾"。

作 者 简 介

孟浩然（689—740），字浩然，号孟山人，襄州襄阳（今湖北襄阳）人。唐代著名的山水田园派诗人，世称"孟襄阳"。因他未曾入仕，又称之为"孟山人"。早年有志用世，在仕途困顿、痛苦失望后，尚能自重，不媚俗世，修道归隐终身。曾隐居鹿门山。40岁时，游长安，应进士举不第。曾在太学赋诗，名动公卿，一座倾服，为之搁笔。开元二十五年（737）张九龄招致幕府，后隐居。孟诗绝大部分为五言短篇，多写山水田园和隐居的逸兴以及羁旅行役的心情。其中虽不无愤世嫉俗之词，而更多属于诗人的自我表现。孟浩然的诗在艺术上有独特的造诣，后人把孟浩然与盛唐田园山水诗人王维并称为"王孟"。有《孟浩然集》三卷传世。

作 品 赏 析

　　赣江，位于长江中下游南岸，源出赣闽边界武夷山西麓，自南向北纵贯江西全省，全长700多公里，是江西的母亲河。从河源至赣州为上游，称贡水，在赣州市城西纳章水后始称赣江。赣石位于赣江十八滩处，赣江十八滩，以其险而闻名于世。从赣州至万安的二百四十里赣江，水流迂回湍急，"水石惊千变"，形成了著名的十八滩。名曰：储滩、鳖滩、横弦滩、天柱滩、小湖滩、铜盆滩、阴滩、阳滩、会神滩（以上在赣县境内），良口滩、昆仑滩、晓滩、武术滩、小蓼滩、大蓼滩、棉津滩、漂神滩、惶恐滩（以上在万安县境内）。赣江十八滩与黄河三门峡、长江三峡齐名，并称中国三大险滩。当前，赣江流域的十八滩已不复当年之险，但十八滩之险却在文人墨客的诗文中留存下来，他们用细腻的笔触记录了湍急的水流、嶙峋的礁石以及航行者们在激流中搏斗的惊心动魄，成为历史的一部分。

　　这是历史上第一首专门描写赣州十八滩中赣石段的诗歌作品，反映了盛唐时期赣石水路的情况。此诗详尽描绘了行舟穿越赣石段时所目睹的险峻风光与航行景致。首句即以"千嶂"之语，勾勒赣石地段的险峻之势，随后借"浩浩"与"潺潺"之声，细腻刻画了江流在汹涌澎湃与浅滩轻抚间的迥异风貌。前者如雷鸣般震撼人心，后者则似琴音悠扬，令人仿佛置身于那波澜壮阔的场景之中。更添奇趣的是，诗中穿插了鱼龙潜跃、猿狄啼鸣的生动描绘，使得这险恶之境更添一抹神秘与奇幻色彩。转入诗的后半部分，则转而抒发作者内心的舒畅与愉悦。"放溜"与"登舻"二句，生动展现了作者立于船头，随波逐流，悠然自得之态。末句则以想象之笔，勾勒出一幅日暮时分，归帆渐隐于星湾之畔的宁静画面，寓含了水急船快、行程千里之意，同时也体现了作者在惊险环境中仍然坦然自若、神闲气定的超然心态。全诗不事雕饰、情景交融、错落有致、直抒胸臆，表达了诗人羁旅行役中悠然自得的心情。

送杜郎中使君赴虔州

唐·杨巨源

迢递南康[1]路，清辉得使君。

虎符[2]秋领俗，鹓署[3]早辞群。

地远仍连戍，城严本带军。

傍江低槛月，当岭满窗云。

境胜闾阎[4]间，天清水陆分。

和诗将惠政，颂述九衢[5]闻。

> **注释**
>
> [1]南康：即南康郡，晋朝至唐朝行政区划名，也就是虔州，今赣州。
> [2]虎符：兵符，古代调兵遣将的信物。铜铸，虎形，背有铭文，分两半，右半留中央，左半授予统兵将帅或地方长官。
> [3]鹓署：源自《毛诗正义·周颂·振鹭》和晋·张华注《禽经》。通过描绘白鹭的飞翔和秩序，象征百官缙绅之象，即朝廷百官有序地排列和行事。还被用来指代朝廷或官场，象征着官员的秩序和尊严。
> [4]闾阎：里巷的门，泛指民间。
> [5]九衢：纵横交错的大道。

作者简介

杨巨源（约755—？），字景山，后改名巨济，河中治所（今山西永济）人。唐代诗人。贞元五年（789）进士。初为张弘靖从事，由秘书郎擢太常博士，迁虞部员外郎。出为凤翔少尹，复召授国子司业。长庆四年（824），辞官退休，执政请以为河中少尹，食其禄终身。杨巨源工诗，吟咏不辍，竟老而头摇，人言吟诗多所致。常以能诗训后进，与白居易、元稹、张籍、刘禹锡等均有唱和。又以律诗见长，尤善七言。司空图将其与刘禹锡并称，谓"各有胜会"。

《全唐诗》存诗一卷，《全唐诗逸》卷上收断句十一联，《全唐诗续拾》卷二五补诗三首、断句五。

作 品 赏 析

　　全诗详尽描绘了南康城所展现的绮丽风光与和谐氛围，同时深情地表达了对该地长官崇高敬意及对民众深切关怀之情。首联"迢递南康路，清辉得使君"，诗人巧妙运用高峻之路与皎洁月光之象征，寓意长官威严公正之形象，彰显对其敬仰之心。颔联"虎符秋领俗，鹓署早辞群"，则以古代官府信物虎符及高雅之鹓署为喻，描绘南康城社会风气之淳厚及官府运作之高效，流露出对当地社会秩序井然之高度赞扬。颈联"地远仍连戍，城严本带军"，诗人借"地远"凸显南康城地理位置之重要，以"城严"展现其军事防卫之坚固，透露出对当地安全状况之深切关注。尾联"境胜间阎间，天清水陆分。和诗将惠政，颂述九衢闻"，则以南康城优美景致与和谐社会环境为背景，抒发对民众福祉之关怀，同时高度赞扬长官之惠政，其美誉传遍四方。此诗以精练之语言、鲜明之意象及真挚之情感，全方位展现了南康城之美景与和谐氛围，并深刻体现了对长官之敬意及对民众之关怀。它不仅是文学之佳作，更是蕴含人文关怀与社会责任感之典范。

寄虔州韩使君 [1]

唐·张籍

南康 [2] 太守负才 [3] 豪，五十如今未拥旄 [4]。

早得一人知姓字，常闻三事说功劳。

月明渡口漳江 [5] 静，云散 [6] 城头 [7] 赣石 [8] 高。

郡政已成秋思 [9] 远，闲吟 [10] 应不问官曹 [11]。

注释

[1]虔州：赣州的古称。韩使君：指韩约（？—835），本名重华，朗州武陵（今湖南常德市）人。宝历中至大和元年为虔州刺史。

[2]南康：今赣州市南康区。

[3]负才：依恃其才华、才能。

[4]旄：古代用旄牛尾作竿饰的旗帜，用以指挥作战。

[5]漳江：河川名。源出福建省平和县大峰山，东南流经云霄县，再东经漳浦县注入厦门湾。也称为"九龙江"。

[6]云散：像天上的云般四处分散。

[7]城头：城墙上。

[8]赣石：赣江中的石滩名。

[9]秋思：秋日寂寞凄凉的思绪。

[10]闲吟：随意吟唱。

[11]官曹：指官吏办事机关、官吏办事处所。

作者简介

张籍（约766—约830），字文昌，和州乌江（今安徽和县乌江镇）人。唐代中后期诗称"张水部""张司业"。贞元十五年（799）在长安进士及第。元和元年（806）调补太常寺太祝，与白居易相识，互相切磋，对各自的创作产生了积极的影响。张籍为太祝10年，因患目疾，几乎失明，明人称为"穷瞎张太祝"。元和十一年（816），转国子监助教，目疾初愈。15年后，迁秘书郎。长庆元年（821），受韩愈荐为国子博士，迁水部员外郎，又迁主客郎中。大和二年（828），迁国子司业。张籍诗作的特点是语言凝练而平易自然。张籍为韩愈大弟子，其乐府诗与王建齐名，并称"张王乐府"。代表作有《秋思》《节妇吟》《野老歌》等。南宋末年汤中以家藏元丰八年（1085）写本为主，兼以各本校定，编为《张司业集》8卷，附录1卷，魏峻刊刻于平江。今传宋蜀刻本唐人集中的《张文昌文集》4卷，共收诗317首。明嘉靖万历间刻本《唐张司业诗集》8卷，共收诗450多首。今上海古籍出版社有《张籍诗集》。

作 品 赏 析

　　这首诗深情地寄托了对远方友人韩使君的思念，既颂扬了韩使君的卓越才华，又隐隐流露出对其未能充分施展才华的惋惜之情。同时，它以细腻的笔触勾勒出一幅虔州（即今江西赣州）的宁静景致，以此映衬韩使君治下的清明政治与和谐社会，并彰显出诗人自身超脱尘世的心境。开篇即点明韩使君的非凡才情与当前境遇的不尽如人意，才高八斗却未能身居高位，不禁让人心生惋惜。随后，颔联正面肯定了韩使君的品德与政绩，即便未至权倾朝野，其名声已远播四方，功绩亦显赫一时。颈联笔锋一转，转而描绘虔州的自然风光，月华如水、江面平静无波、云散后山石更显挺拔，这不仅是对虔州美景的生动描绘，更象征着在韩使君的治理下，当地社会的安宁与祥和，成为其政绩显著的又一例证。同时，这宁静致远的景致也与韩使君内心的淡泊名利、高风亮节相呼应，为尾联的抒情作了巧妙的铺垫。尾联则直接抒发了韩使君在政务有成之后的豁达与超然，他已不再为官场纷扰所累，而是能在秋日的闲暇时光中悠然自得地吟诗作画，享受心灵的自由与宁静。这种超然物外的境界，既是对韩使君高尚品格的颂扬，也是诗人内心深处对理想生活状态的向往与寄托。整首诗情感真挚，意境深远，充分展现了张籍对友人韩使君的深切关怀与高度评价。

晚登虔州即事寄李侍御

唐·耿湋

章溪与贡水，何事会波澜[1]。

万里归人少，孤舟行路难[2]。

春光[3]浮曲浪，暮色[4]隔连滩。

花发从南早，江流向北宽。

故交[5]参盛府[6]，新角耸危冠[7]。

楚剑[8]期终割，隋珠[9]惜未弹。

酒醒愁转极，别远泪初干。

愿保乔松[10]质，青青[11]过大寒。

注释

[1]波澜：比喻波浪起伏的变化。

[2]行路难：乐府杂曲歌辞篇名。内容多描写仕途艰难和离别悲伤的情怀。
以南朝宋鲍照《拟行路难》十九首较著名。

[3]春光：春天的景色。

[4]暮色：傍晚昏暗的天色。

[5]故交：旧友。

[6]盛府：对地方军政长官衙署的尊称。

[7]危冠：古时的高冠。

[8]楚剑：古代楚国的宝剑，泛指利剑，比喻宝物。

[9]隋珠：比喻宝贵的珍珠。

[10]乔松：高大的松树。

[11]青青：形容草木翠绿的颜色。

作者简介

耿湋（wéi），字洪源，河东（今属山西）人。唐代诗人，大历十才子之一。生卒年及生平均不详。登宝应二年（763）进士第，官右拾遗。工诗，与钱起、卢纶、司空曙诸人齐名。其诗以清淡质朴见长，不深琢削，而风格自胜。今有《耿湋集》2卷传世。

作品赏析

这一首寄赠友人的诗作，诗以景起兴，开篇即描绘章溪与贡水交汇的壮阔景象，暗喻人生路上的波折与挑战。随后，诗人通过"万里归人少，孤舟行路难"直接抒发了自己漂泊异乡、归途遥远的孤独与艰难。春光与暮色的对比，既展现了自然界的美丽变幻，也隐喻了时光流逝与人生无常。诗人通过"花发从南早，江流向北宽"的自然景象，寄托了对远方友人的思念之情，同时也表达了对人生广阔前景的向往。然而，紧接着的"楚剑期终割，隋珠惜未弹"则透露出诗人内心的壮志未酬与才华未展的遗憾。最后四句，诗人借酒消愁，却愁上加愁，离别之痛与对未来的忧虑交织在一起。但即便如此，诗人仍保持着乐观与坚韧，以"愿保乔松质，青青过大寒"自勉，表达了自己不畏艰难、坚守高洁品质的决心。整首诗情感深沉，意境悠远，既有对自然美景的细腻描绘，也有对人生境遇的深刻反思，展现了诗人深厚的情感与高尚的情操。全诗描绘虔州（今江西赣州）的自然风光与自身境遇，抒发了对远方友人的思念之情以及对人生境遇的感慨。全诗语言朴实，情感真挚，意境深远。

廉泉 [1]（二首）

北宋·赵抃

岁旱江潢 [2] 万井 [3] 污，此泉深净肯清渝。
伯夷 [4] 死后泉流在，能使贪人一饮无？

庾岭 [5] 中分泉两派，美名人爱恶声嫌 [6]。
谁云酌 [7] 后能移性，南有贪兮北有廉。

注释

[1]廉泉：现位于赣州市第一中学内。相传南朝宋元嘉时，一夕霹雳，泉忽涌出，时郡守以廉洁著称，故称"廉泉"。

[2]潢：积水池。

[3]万井：古代以地方为一里，万井即一万平方里。

[4]伯夷：商末孤竹君长子。墨胎氏，名允，字公信。初孤竹君遗命立其弟叔齐伟君，孤竹君死后，叔齐让位，他不受，两人一起投奔周文王。路遇武王伐纣，他们拦马劝谏。武王灭商后，兄弟俩隐居首阳山，不食周粟而死。这个故事成为后世"不食周粟"的典故，象征着对信念的坚守和对道德的执着。

[5]庾岭：位于赣州市大庾县南，五岭之一。为往来岭南的交通要道，藏钨矿，岭上植梅。也称为"梅岭""大庾岭"。

[6]美名：美好的名誉。恶声：坏的名声。

[7]酌：饮酒，斟酒。

作 者 简 介 ·······················

　　赵抃（1008—1084），字阅道，号知非子，衢州西安（今浙江衢州）人。北宋名臣，词人。景祐元年（1034）进士及第，出任武安军（潭州）节度推官，治理崇安、海陵、江原三县，迁泗州通判。至和元年（1054）授殿中侍御史。入为右司谏，论事不当，出知虔州（今赣州）。宋英宗即位后，除天章阁待制、河北道德转运使，以龙图阁直学士、知成都知府。宋神宗即位后，担任右谏议大夫、参知政事。元丰二年（1079）以太子少保致仕。元丰七年（1084），赵抃逝世，时年七十七，追赠少师，谥号"清献"。赵抃在朝弹劾不避权势，以忠亮纯直著称，时称"铁面御史"。赵抃擅豪翰，笔迹劲丽。其诗风从初期的"清新律切"向中、晚期的"粗犷豪迈"演化，体现出以欧阳修为代表的"宋调"诗歌的风貌。著有《赵清献公集》。

作 品 赏 析

赵抃的《廉泉》二首，以泉水为喻，巧妙地探讨了人性中的贪与廉，以及外在环境对人心的影响。第一首诗通过对比干旱之年江河湖泊的污浊与廉泉的深净，突出了廉泉的非凡之处。诗人进而联想到古代高士伯夷，以他的高洁品性映衬廉泉的纯净，并借问泉水是否有能力净化贪婪之人的心灵，表达了诗人对清廉品质的向往和对贪腐现象的批判。第二首诗则通过庾岭分泉的典故，进一步阐述了人性中贪与廉的复杂性。诗人指出，尽管泉水因其美好品质而受人喜爱，但它并不能直接改变人的品性。人的贪与廉，并非由外在环境决定，而是根植于内心。这一观点，既体现了诗人对人性深刻的洞察，也表达了他对清廉自律的高度赞扬。

两首诗在结构上彼此呼应，内容上由表及里，既赞颂了清廉的品质，也深刻揭示了人性的复杂性，展现了赵抃作为官员与文人的高尚情操和深邃思考。

景 点 链 接

赣州一中廉泉：相传南朝刘宋元嘉年间（424—453），一夕雷震，泉忽涌出，以太守"廉"故名。距今已有1500多年历史。清康熙六十年（1721）命名为"章贡第一泉"。

同周敦颐国博游马祖山

北宋·赵抃

晓出东江^[1]向近郊，舍车乘棹复登高^[2]。

虎头城里人烟阔，马祖岩前气象^[3]豪。

下指正声^[4]调玉轸，放怀雄辩起云涛。

联镳^[5]归去尤清乐^[6]，数里松风^[7]耸骨毛。

> **注释**
>
> [1]东江：珠江的支流，发源于江西，在虎门入海，干流全长523公里，流域面积3.2万平方公里。
>
> [2]登高：登上高处。阴历九月初九重阳节有登高习俗。
>
> [3]气象：景况、气派。
>
> [4]正声：纯正无邪，合于韵律节拍的雅正音乐。
>
> [5]联镳：相等和同进步。
>
> [6]清乐：南宋时以笙、笛、方响、小提鼓、拍板、札子等合奏的器乐。
>
> [7]松风：松林间吹拂的风。

作品赏析

这首诗借助细腻的笔法和丰富的意象，生动地描绘了诗人与友人共游马祖山时的愉悦与超然。首联以时间为序，描绘了出行的过程，既有出行的从容不迫，又透露出对自然风光的向往。颔联通过对比，将城市的繁华与自然景观的壮阔相结合，凸显了自然之美对心灵的洗涤作用。颈联则转而写人在自然中的活动，抚琴与雄辩，既体现了文人的雅趣，又展现了他们的豪情壮志，仿佛人与自然、音乐与辩论在这一刻达到了和谐统一。尾联以归途的轻松愉悦作结，通过"联镳归去"的描绘，展现了友情的深厚与游玩的尽兴；而"数里松风耸骨毛"则以生动的形象，表达了自然风物对身心的净化与提升，令人回味无穷。整首诗语言优美，意境深远，是宋代理学家追求自然与心灵和谐共生的生动写照。

寄虔州江阴二妹

北宋·王安石

贡水^[1]日夜^[2]下，下与章水^[3]期。

我行二水间，无日不尔^[4]思。

飘若越鸟^[5]北，心常在南枝^[6]。

又如岐首蛇，南北两欲驰。

逝者日已远，百忧讵能^[7]追。

生存苦乖隔^[8]，邂逅^[9]亦何时。

女子归大道，善怀^[10]见于^[11]《诗》。

庶云留汝车，慰我堂上^[12]慈。

赣州城墙

注释

[1]贡水：河川名。为江西省赣江的东源，源出福建省长汀县界。也称为"东江""会昌江"。

[2]日夜：泛指全天。

[3]章水：河川名。江西省赣江的西源，源出赣州市崇义县聂都山，其上游为池江，东北流至章贡区，与贡水合流为赣江。

[4]不尔：不如此，不这样。

[5]越鸟：古代越国在南方，故称南方的鸟为"越鸟"。

[6]南枝：指故国、故土。

[7]讵能：岂能。

[8]乖隔：分离。

[9]邂逅：没有事先约定而偶然相遇。

[10]善怀：忧思。

[11]见于：可从某处见到，多用于指明出处以供参看。

[12]堂上：称谓，对父母的敬称。

作者简介

王安石（1021—1086），字介甫，号半山，抚州临川（今江西抚州）人，唐宋八大家之一。北宋政治家、文学家、思想家、改革家。庆历二年（1042），王安石考中进士。历任扬州签判、鄞县知县、舒州通判等职，政绩显著。熙宁二年（1069），被宋神宗升为参知政事，次年拜相，主持变法。因守旧派反对，熙宁七年（1074）罢相。一年后，被神宗再次起用，旋即又罢相，退居江宁。元祐元年（1086），保守派得势，新法皆废，王安石郁然病逝于钟山，享年六十六。累赠为太傅、舒王，谥号"文"，世称王文公、王荆公。其诗"学杜得其瘦硬"，擅长于说理与修辞，晚年诗风含蓄深沉、深婉不迫，以丰神远韵的风格在北宋诗坛自成一家，世称"王荆公体"；其词写物咏怀吊古，意境空阔苍茫，形象淡远纯朴。有《临川集》等著作存世。今人辑有《王安石全集》。

作品赏析

这首诗通过描绘自然景物，寄托了诗人对远方亲人的深切思念。王安石漫步水畔，每当想到流水的连绵不绝，而亲人却远隔两地，他的心中便涌起无尽的怀想。开篇"贡水日夜下，下与章水期"，巧妙地以江水的流动象征时间的流逝和对重逢的渴望，既真实地描绘了地理景象，又蕴含了深沉的情感寄托，直接传达了诗人时时刻刻都在思念亲人的心绪。诗人还运用了生动的比喻，将自己比作北方的越鸟和歧路分叉的蛇，形象地表达了他对家乡的深切眷恋和对亲人的难以割舍之情。这种情感上的矛盾与挣扎，使得诗歌的情感层次更加丰富和复杂。诗句"逝者日已远"表达了诗人对逝去时光的无奈和对无法挽回的忧伤的感慨。而"生存苦乖隔，邂逅亦何时"则进一步强调了因生活压力导致的亲人分离之苦，以及对未来团聚的不确定性和期盼。最终，诗人将话题转向了女性应有的品德与责任，希望妹妹们能够坚守正道、怀有善念，并通过《诗经》中的典故来加以鼓励。同时，也表达了自己希望妹妹们能够早日归来，以安慰家中慈母的心愿。这是王安石深情抒发对亲人深切怀念的佳作，字里行间流露出浓厚的兄妹情深以及对岁月匆匆流逝的无限感慨。全诗语言质朴，情感真挚，情景交融。

景点链接

古城墙： 赣州城墙是全国重点文物保护单位，位于赣州市老城区沿章江和贡江的岸边。赣州古城设置于西汉初年，于东晋时将城址确立在章、贡二水之间，构筑的是土城。北宋嘉祐年间，开始用砖石构筑城墙，经历代修葺，是中国目前唯一的宋代原址原砖遗留至今的城墙。赣州古城墙原全长为6900余米，现保留下来的是城墙的西段、北段和东段，全长3664米。

赣州古城墙是南方地区古代城墙的代表作，内外两侧和顶面均用城砖包砌，以警铺取代马面，城门构有瓮城。它不仅具有良好的军事防御功能，同时还具有抵御洪水侵袭的防洪功能，至今仍在发挥其防洪的作用。特别值得一提的是，在赣州古城墙上，还保留有大量的铭文城砖，年代上起北宋熙宁二年（1069），下迄1915年，内容有纪事、纪年、记名及烧造地点、窑户标记等等。据调查统计，共有520多种，数量达数万块之多。

蒋经国旧居： 蒋经国先生于1939年3月来到赣南，任江西省第四行政区督察专员兼保安司令。1945年2月离开赣南，7月辞去这一职务，前后长达6年，在赣南他主要有三处住所，一是花园塘一号官邸，二是虎岗中华儿童新村，还有一处是通天岩避暑山房。现保存较好的主要是在章江古城墙处，故居是1940年蒋经国主持兴建的仿俄式砖木结构建筑，面积为170多平方米，平面呈"凸"字形，鱼鳞板墙，板瓦屋面。1939年6月至1945年2月蒋经国先生在赣州任江西第四行政区专员期间，与夫人蒋方良及儿子蒋孝文、女儿蒋孝章居住于此。蒋经国曾在这里接待过张治中、白崇禧、雷洁琼、美国代表、苏联顾问等各方人士。该建筑保存完好，为赣州市文物保护单位，现旧居内有蒋经国在赣南主要事迹陈列，蒋氏夫妇卧室，三个保姆及孩子的寝室，蒋经国当年用过的办公桌就陈列于其办公室，庭院内有一株蒋经国于1941年亲手种植的白玉兰树保存至今。

1988年，被列为赣州市文物保护单位。

虔州八境图（八首并引）

北宋·苏轼

　　《南康八境图》者，太守孔君[1]之所作也。君既作石城[2]，即其城上楼观台榭之所见而作是图也。东望七闽[3]，南望五岭[4]，览群山之参差，俯章贡[5]之奔流，云烟出没，草木蕃丽，邑屋[6]相望，鸡犬之声相闻[7]。观此图也，可以茫然[8]而思，粲然[9]而笑，慨然[10]而叹矣。苏子曰：此南康之一境[11]也，何从而八乎？所自观之者异也。且子不见夫日乎，其旦如煔，其中如珠，其夕如破璧，此岂三日也哉？苟知夫境之为八也，则凡寒暑[12]、朝夕、雨旸[13]、晦冥[14]之异，坐作、行立、哀乐、喜怒之变，接于吾目而感于吾心者，有不可胜数者矣，岂特[15]八乎？如知夫八之出乎一也，则夫四海之外，诙诡谲怪，《禹贡》[16]之所书，邹衍之所谈，相如之所赋，虽至千万，未有不一者也。后之君子必将有感于斯焉。乃作诗八章，题之图上。

其一

坐看[17]奔湍[18]绕石楼[19]，使君[20]高会[21]百无忧。

三犀窃鄙秦太守，八咏[22]聊同沈隐侯[23]。

其二

涛头[24]寂寞打城还，章贡台前暮霭[25]寒。

倦客[26]登临[27]无限思，孤云落日是长安。

其三

白鹊楼前翠作堆，萦云岭路若为开。

故人应在千山外，不寄梅花远信来。

其四

朱楼深处日微明，皂盖归时酒半醒。

薄暮渔樵人去尽，碧溪^[28]青嶂绕螺亭^[29]。

其五

使君那暇日参禅，一望丛林一怅然。

成佛莫教灵运后，著鞭从使祖生先。

其六

却从尘外望尘中，无限楼台烟雨蒙。

山水照人迷向背，只寻孤塔认西东。

其七

烟云缥缈郁孤台，积翠浮空两半开。

想见之罘^[30]观海市，绛宫^[31]明灭是蓬莱。

其八

回峰^[32]乱嶂郁参差，云外高人世得知。

谁向山中弄明月，山中木客解吟诗。

四贤坊

注释

[1]孔君：既指孔宗翰。

[2]石城：即为八境台。

[3]七闽：古代称住在今福建、浙江南部的闽人，因分为七族，故称。

[4]五岭：指大庾、骑田、都庞、萌渚、越城五岭。位于湖南、江西与广东交界处。

[5]章贡：章江和贡江的合称。

[6]邑屋：引申为乡里。

[7]相闻：彼此都能听到，说明距离之近。

[8]茫然：怅惘若失的样子。

[9]粲然：大笑的样子。

[10]慨然：感叹的样子。

[11]境：一个地方。

[12]寒暑：泛指岁月。

[13]雨旸：雨天和晴天。

[14]晦冥：光线昏暗。

[15]岂特：难道只是，何止。

[16]《禹贡》：《尚书》中的篇目，记载先秦地理。

[17]坐看：犹行看。

[18]奔湍：急速的水流。

[19]石楼：石筑的楼台。

[20]使君：对官吏、长官的尊称。

[21]高会：盛大的聚会。

[22]八咏：南朝齐沈约守东阳时，建元畅楼，并作《登台望秋月》《会圃临东风》《岁暮愍衰草》《霜来悲落桐》《夕行闻夜鹤》《晨征听晓鸿》《解珮去朝市》《被褐守山东》等诗八首，称"八咏诗"，亦省称"八咏"。

[23]沈隐侯：即沈约。

[24]涛头：浪涛前端。

[25]暮霭：傍晚的云雾。

[26]倦客：客游他乡而对旅居生活感到厌倦的人。

[27]登临：登高望远。

[28]碧溪：绿色的溪流。

[29]螺亭：古亭名，故址在今江西省赣州市。

[30]之罘：山名，也作芝罘，在今山东省烟台市北。

[31]绛宫：传说中神仙所住的宫殿。

[32]回峰：环绕的山峰。

作 品 赏 析

宋仁宗嘉祐年间（1056—1063），孔宗翰知虔州，鉴于"州城岁为水啮，东北尤易垫圮"，于是"伐石为址，冶铁锢基"，以阻挡水灾的侵扰，从而解决了全城百姓的后顾之忧。之后，他又在龟角尾城墙上筑起了石楼，后称"八境台"。一日，他登上楼台，放眼望去，只见一派大好河山，不由心旷神怡，创作的冲动油然而生，于是利用闲暇之余，创作了一幅壮丽的山水画卷《虔州八境图》。宋神宗熙宁十年（1077），密州太守苏轼改知徐州，孔宗翰接任密州，正值苏轼离别之前，孔宗翰便将自己之前绘成的《虔州八境图》出示，请苏轼按图题诗，以便寄回虔州，镌刻于石，以图永存。苏轼逐一观赏，只见此地确实风光旖旎，妙不可言，犹如人间仙境，笑逐颜开，赞叹不已，思潮涌动，笔下有神，于是欣然作诗八首并序，题于图上以志。元丰元年（1078），孔宗翰着人将诗镌刻于虔州石楼，"虔州八景"及八境台由此名扬天下。这八首诗分别描述：石楼、章贡台、白鹊楼、皂盖楼、马祖岩、尘外亭、郁孤台、崆峒山。

　　苏轼的《虔州八境图》（八首并引）是描绘城市景致的佳作。这组诗是题画诗，以虔州（今赣州）八景为题，诗中有画，画中有诗，每首诗都独立成章，但又相互关联，共同构成了一幅美丽的虔州风光画卷。这组诗在描写自然景色方面极为出色。苏轼运用细腻的笔触和丰富的想象力，将虔州的山川、草木、水流、云雾等自然元素描绘得栩栩如生。例如，在描绘石楼时，他写道"坐看奔湍绕石楼"，通过"奔湍"一词，生动地展现了江水的汹涌澎湃，而"绕"字则巧妙地描绘了江水环绕石楼的景象，使得整个画面更加立体生动。其次，这组诗还寓含了苏轼的深刻情感和人生哲理。苏轼在描绘自然美景的同时，也融入了自己对人生的思考和感悟。如在《章贡台》一诗中，他通过描绘落日孤城的景象，表达了诗人对远方亲人的思念之情，同时也寓含了人生如梦、世事无常的哲理。这组诗在艺术表现上也极具特色。苏轼运用了丰富的修辞手法和韵律变化，还巧妙地运用了对比、夸张等手法来增强诗歌的表现力，虔州的自然之美和人文之韵跃然纸上。这组诗不仅是对虔州美景的赞美，苏轼表达了对自然美的无限热爱，赞美了对孔宗翰清正廉明的政绩和与民同乐的情怀。

景点链接

　　八境台：八境台位于赣州市老城区东北隅的古城墙上，是赣州市文物保护单位。发源于南岭山脉的章江与发源于武夷山脉的贡江，就在台下汇合为赣江。登上此台，赣州八景一览无遗，犹如身临其境，故得名"八境台"。八境台始建于北宋嘉祐年间，建造此台的地方官员孔宗瀚曾将登台所见的赣州八景——石楼、章贡台、白鹊楼、皂盖楼、郁孤台、马祖岩、尘外亭和崆峒山绘成《赣州八境图》，并请苏东坡按图题诗八首。绍圣元年（1094），苏东坡被贬岭南路过赣州时曾登临八境台，在遍览赣州的旖旎风光之后，深感原诗"未能道其万一"，遂补作后续一篇。到了清代，由于景观发生了变化，在八境台上所见到的八景变成了"三台鼎峙""二水环流""玉岩夜月""宝盖朝云""储潭晓镜""天竺晴岚""马崖禅影""雁塔文峰"。八境台建成后，历代均有修葺，1984年重建时，改建为高28米的三层仿宋代建筑。登上八境台，赣州城外的山水田园之美，赣州城内的亭台楼阁之秀，皆可尽收眼底。

四贤坊：位于军门楼前的大广场的大牌坊。四贤坊的前室立柱上镌刻着金漆楹联："赵抃疏险滩刘彝福寿惠千古，濂溪创理学文山丹心昭四贤。"四贤坊所铭记的，正是四位值得赣州人记住的人物。赵抃，北宋嘉祐年间任虔州知府，凿通赣江险滩，凸显了赣江的黄金水道地位，对繁荣赣州功不可没；刘彝，北宋熙宁年间任虔州知军，亲自督建的福寿沟这一闻名中外的地下排水系统，至今仍在造福赣州人民；周敦颐，号濂溪，与赵抃同时代，曾任虔州通判，理学开山鼻祖，《爱莲说》即出自他的笔下；文天祥，南宋德祐年间任知州，当时元兵南侵，他在赣州组织义军前往临安勤王，诗作《过零丁洋》传诵千古。

过虔州登郁孤台

北宋·苏轼

八境见图画，郁孤如旧游。

山为翠浪[1]涌，水作玉虹[2]流。

日丽崆峒[3]晓，风酣章贡[4]秋。

丹青[5]未变叶，鳞甲[6]欲生洲[7]。

岚气[8]昏城树，滩声[9]入市楼[10]。

烟云侵岭路，草木半炎州。

故国千峰外，高台[11]十日留。

他年三宿处，准拟系归舟[12]。

注释	
	[1]翠浪：指禾苗因风起伏而形成的波浪。
	[2]玉虹：白虹。
	[3]崆峒：指崆峒山，又名峰山，位于江西省赣州市。
	[4]章贡：章水和贡水的并称。亦泛指赣江及其流域。
	[5]丹青：绘画时所用的颜料。
	[6]鳞甲：保护龟、鳖等动物躯体的坚硬甲壳。
	[7]生洲：传说中的东海十洲之一，地无寒暑，安养万物。
	[8]岚气：山中的雾气。
	[9]滩声：水激滩石发出的声音。
	[10]市楼：又称旗亭。古时见于集市中，上立旗帜，以为市吏望侯之所。
	[11]高台：指郁孤台。
	[12]归舟：返航的船。

作 品 赏 析

　　北宋绍圣元年（1094）苏轼路过虔州时，来到郁孤台游览，写下了《过虔州登郁孤台》一诗。赣州八景宛如一幅展开的画卷，郁孤台仿佛是作者曾经游历过的旧地，记忆犹新。层峦叠嶂，绿意盎然，仿佛翠绿色的波浪在涌动；江水清澈，奔腾而下，如同一条玉色的长虹流淌。清晨，太阳照耀着崆峒山，显得格外明媚；秋风飒飒，吹拂过章水和贡水，带来秋日的凉意与丰饶。画中的树叶依旧鲜绿，未因时间流逝而褪色；而画中的水族生物，仿佛鳞片与甲壳都要在水中洲渚上栩栩如生地生长。山间岚气缭绕，使得城中树木显得朦胧；江滩的流水声，隐约传入市区的楼阁，增添了几分生动与活力。烟云弥漫，渐渐侵占了山间小路；而草木葱茏，几乎覆盖了这片炎热之地的半边。远望故国，它隐匿在千山万水之外，遥不可及；而我，在这郁孤台上逗留了十日之久，尽情领略这里的风景。未来某一天，当我再次远行归来，定会在这三宿之地，将我的小舟系好，不再离去，让这里成为我心灵的归宿。

天竺寺（并引）

北宋·苏轼

予年十二，先君自虔州归，为予言："近城山中天竺寺有乐天亲书诗云：'一山门作两山门，两寺原从一寺分。东涧水流西涧水，南山云起北山云。前台花发后台见，上界钟声下界闻。遥想吾师行道处，天香桂子落纷纷。'笔势奇逸，墨迹如新。"今四十七年矣。予来访之则诗已亡，有石刻存耳。感涕不已，而作是诗。

香山居士[1]留遗迹，天竺禅师有故家。

空咏连珠吟叠壁，已亡飞鸟失惊蛇[2]。

林深野桂寒无子，雨浥山姜病有花。

四十七年真一梦，天涯[3]流落泪横斜。

> **注释**
>
> [1] 香山居士：指白居易。
> [2] 惊蛇：比喻笔墨飞舞。
> [3] 天涯：天的边际，指遥远的地方。

作品赏析

这首诗不仅是对往昔美好记忆的追忆，也是对时间流逝、物是人非的深刻感慨。引言部分，苏轼回忆起童年时父亲讲述的天竺寺中白居易题诗的情景，那首诗以其生动的描绘和奇逸的笔势，给苏轼留下了深刻的印象。四十七年后，苏轼重访故地，却发现那首诗已不复存在，只有石刻的碑文还在默默诉说着过往，这种强烈的对比，让人不禁感叹时间的无情与岁月的沧桑。诗歌正文部分，苏轼首先以"香山居士留遗迹，天竺禅师有故家"两句，点出了白居易（号香山居士）

与天竺寺的历史渊源，以及天竺禅师的故地之情。接着，"空咏连珠吟叠壁，已亡飞鸟失惊蛇"两句，用"连珠""叠壁"形容白居易诗文的精妙，而"已亡飞鸟失惊蛇"则借古代书法术语"飞鸟惊蛇"形容字迹的灵动，反衬出如今诗已亡、字迹难觅的遗憾与失落。"林深野桂寒无子，雨浥山姜病有花"两句，转而描写天竺寺周围的自然景象，林深桂寒、雨浥山姜，既是对眼前景致的描绘，也寓含了诗人内心的凄凉与孤独。野桂因寒而无子，山姜因病而有花，仿佛也在诉说着生命的无常与自然的法则。最后，"四十七年真一梦，天涯流落泪横斜"两句，诗人将个人经历与历史变迁融为一体，四十七年的光阴如同一场梦，而今站在天涯之远，回首往事，不禁泪流满面。这既是对白居易诗作消逝的哀悼，也是对自己人生经历的深刻反思与感慨。整首诗情感深沉，意境悠远，充满了对过往的怀念与对现实的无奈。

景点链接

七鲤古镇：位于江西省赣州市章贡区水东镇七里村，"郡东南七鲤镇，七山排列如鲤，故名"。又因其距赣州老城区七华里路程，又名"七里镇"。七里古镇建镇2200多年，在古代是江西重要的名镇。它是赣江主要支流——贡水最下端一个大码头，距赣江起点龟角尾（八境台）七里左右，不但是中原通闽台的重要水上枢纽，也是中国海上丝绸之路的重镇之一。据史料记载，古镇烧瓷业始于唐代末年、终于明代早期，历经500多年，是江西宋代四大瓷窑生产地之一，其生产的民用陶瓷远销日本、朝鲜及南洋等地。古镇内有16座千年古窑、15组客家古建、54棵滨江古榕，以及2条商墟古驿。素有"千里赣江第一镇"美誉。两千多年的建镇历史，孕育了这座古镇灿烂的历史文化。

现打造的七里古镇度假区是以"宋窑古埠，七鲤客家"为主题，依托"瓷窑、漕运、庙会、客家"四大文化精要，致力于打造面向赣粤闽湘的文化型古镇目的地、赣南首席休憩度假综合体和赣州首个商务文创示范区。七鲤古镇按照国家5A级旅游景区标准，规划布局了古镇度假区、酒店会展区、休闲商业区、遗址公园区四大板块。

1997年，赣州市人民政府将七里镇历史街区宣布为历史文化保护区。

2002年，《赣州历史文化名城保护规划》确定七里镇为赣州市古城保护八个历史文化保护区之一。

玉虚观：原位于赣州市水东乡（现水东小学校址）。唐开元（713—741）中建，属十方丛林。世传晚唐道士施肩吾（即华阳真人）曾一度由洪都（今南昌）西山来到赣州，与真人刘继先共同修持于此观。宋治平年间（1064—1067）英宗曾赐观额，明永乐年间（1403—1424）翰林学士解缙曾书"玉虚观"额。明初，刘渊然（赣县人）大真人将此观立为修持之地，遗下四代（即刘渊然、刘继先、刘明清、刘子英）修持立功。修持名曰："上士修持，升为天宫；中士修持，南宫立仙；下士修持，在世长年。"观内建有丹炉、丹台和丹井。当时玉虚观由皇帝御封道官掌管，并受龙虎山张天师节治。

清代，刘子英道士设玉虚观为府观，掌管赣南道教事务；立阴阳学执管道纲，焦道士主持观内阴阳法事功课。民国时期，在此兴办小学。新中国成立后，仍为水东小学用地。1985年赣州市政府决定折价归还，1989年在水东万松山（又名仙山）重建玉虚观，并由方业儒道长负责筹建工作。1990年6月竣工后经批准开放，由方业儒任住持。同年农历七月七日，方业儒主持隆重的玉虚观开光庆典。出席庆典的有宗教界人士和信教群众300多人。开光之后，共接待了北京、上海、福建、广东、香港、台湾等地区以及美国等国家的道教信士3000多人次。

新建玉虚观为一栋二层楼的殿堂，楼下正厅是三清宫，上书"清绝尘嚣赣南无双福地，高凌云汉虔州第一仙山"。三清圣像两旁列有四位神像：左为朱元帅、王灵官；右为马天君、殷元帅。三清宫左为"宗师堂"，右为"追思堂"。楼上：中为天师殿（供张道陵），左为万寿宫（供许逊），右为纯阳殿（供吕洞宾）。后楼下为财神殿。玉虚观已成为赣州地区道众的活动中心。

赠玉岩

北宋·张商英

四周岩谷^[1]上通天，岩底幽人^[2]抱腹^[3]眠。

不羡庄鹏抟九万^[4]，肯随齐客列三千。

养成白雪高歌调，散尽黄金有简编^[5]。

野鹿^[6]今朝入城市^[7]，为余有意下林泉^[8]。

注释

[1]岩谷：山谷。

[2]幽人：幽隐山林的人。

[3]抱腹：抱着腹部。

[4]庄鹏抟九万：指庄子的《逍遥游》中的鲲鹏"扶摇而上者九万里"。

[5]简编：书籍、典籍。

[6]野鹿：野生的鹿，比喻不慕荣华、超然物外的神态。

[7]城市：有宽广繁盛的街道，人口集中，为政治、经济、文化的中心，相对于乡村来说。

[8]林泉：林下泉石，比喻退隐的地方。

作者简介

张商英（1043—1121），字天觉，号无尽居士，新津（今四川新津）人。北宋宰相、词人、书法家。治平二年（1065）进士，初任通川县主簿。神宗熙宁四年（1071）权检正中书礼房公事。五年（1072）迁为监察御史，追随王安石变法。哲宗亲政，召其为右正言，迁左司谏。徽宗即位，除中书舍人。历翰林学士、知制诰。崇宁元年（1102），拜尚书右丞，转左丞。因与宰相蔡京议政不合，互相诋评。旋为御史所劾，罢知亳州，入元祐党籍。大观四年（1110），除中书侍郎，拜尚书右仆射。为政持平，大革弊事，一变蔡京所为，改当十钱以平泉货，复转般仓以罢直达，行钞法以通商旅，免横敛以宽民力。又劝徽宗节华侈、息土木、抑权倖，帝颇惮之。政和初，因与方技郭天信往来，罢知河南府，旋贬衡州安置。宣和三年（1121）去世，终年79岁。张商英是位狂草书家，其书法取法颜真卿，而又兼采众家。留有墨迹《女夫帖》《沐川寨记碑》等。其一生著作颇丰，著有《张文忠公奏议》《神宗政典》《大象列星图》《文宗文集》《西山唱和集》《护法论》等。

作 品 赏 析

玉岩居士，即隐士阳孝本，字行先，虔州（今赣州上犹）人。自幼勤奋好学，三十多岁时，他游历京城，进入上痒深造，才华横溢，受到时任左丞蒲宗孟的赏识，聘为西席（即家庭教师）。两年后，他选择告老还乡，隐居于通天岩讲学，过着淡泊名利、清心寡欲的生活，名满天下的大文豪苏东坡被贬岭南惠州时，途经赣州，听得阳孝本之名，专程前往拜访。

这首诗以生动的意象和深邃的意境，勾勒出玉岩居士超然物外、淡泊名利的生活哲学以及与自然界的和谐共处。同时，它也传达了诗人对玉岩高尚品格的钦佩与憧憬。四周被直插云霄的岩壁和幽深的山谷所环抱，岩下的玉岩居士自在地沉睡，仿佛与世隔绝。他不羡慕大鹏展翅翱翔九万里之远的壮阔，也不愿效仿齐国门客那样追逐功名利禄、高居显位。他致力于内心的修养，歌声清越如同纯洁的白雪，散尽家财却留下了满室的书籍与简编。今日，山中的野鹿似乎也理解了诗人的心意，它们踏入城市，只为寻找那片能让诗人心灵安放的林泉之乐，正如玉岩居士所追求的那样。整首诗通过对玉岩隐士生活环境的描绘、性格特质的刻画以及精神追求的展现，构筑了一个远离尘嚣、淡泊名利、追求精神自由的理想人格典范，同时也寄托了诗人对理想生活的渴望与追求。

慈云寺 [1]

北宋·黄庭坚

城南宝坊 [2] 金翠 [3] 重，道人修惠剪蒿蓬 [4]。

一瓶一钵二十载，琼檐碧瓦 [5] 上秋 [6] 空。

稻田磨衲 [7] 拥黄发 [8]，更筑书阁诸天 [9] 中。

三后在天遗圣墨，百神 [10] 受职 [11] 扶琳宫 [12]。

文思 [13] 帝泽余温润 [14]，雨露 [15] 下国常年丰 [16]。

章川贡川结襟带 [17]，梅岭桂岭来朝宗。

参旗 [18] 斗柄略栏楯 [19]，清坐耳闻河汉 [20] 风。

道人饱参 [21] 口挂壁 [22]，颇喜作诗如已公。

家风秀句刻琬琰 [23]，邀我落笔何能工。

安得雄文压胜境，九原唤起杜陵翁 [24]。

慈云塔

注释

[1] 诗名又题为《题虔州东禅圆照师新作御书阁》。

[2] 宝坊：和尚、僧侣的寺院。

[3] 金翠：金黄、翠绿之色。

[4] 蒿蓬：泛指杂草。

[5] 碧瓦：青绿色的琉璃瓦。

[6] 上秋：孟秋，指夏历七月。

[7] 磨衲：袈裟名。

[8] 黄发：人老后头发由白而黄，是高寿的象征。亦用来指老年人。

[9] 诸天：佛教语，指护法众天神。佛经言欲界有六天，色界之四禅有十八天，无色界之四处有四天，其他尚有日天、月天、韦驮天等诸天神，总称之曰诸天。

[10] 百神：指各种神灵。

[11] 受职：接受上级委派的职务。

[12] 琳宫：仙宫、道院。

[13] 文思：功业、道德，后常用来指称颂帝王。

[14] 温润：温柔润泽。

[15] 雨露：比喻恩泽。

[16] 年丰：年成丰收。

[17] 襟带：山川屏障环绕，如襟如带，比喻形势险要。

[18] 参旗：星名。属毕宿，共九星，在参星西。又名"天旗""天弓"。

[19] 栏楯（shǔn）：阑干；纵曰栏，横曰楯。

[20] 河汉：黄河和汉水。

[21] 饱参：参，参悟领略，指充分地领略。

[22] 挂壁：挂在壁上，比喻搁置不用。

[23] 琬琰：琬圭及琰圭。泛指美玉。

[24] 杜陵翁：即杜甫（712—770），唐河南巩县人，祖籍襄阳，字子美，自称杜陵布衣，又称少陵野老。

作者简介

黄庭坚（1045—1105），字鲁直，号山谷道人、涪翁，洪州分宁（今江西修水）人。北宋诗人、文学家、书法家，江西诗派开山之祖。北宋治平四年（1067），黄庭坚进士及第，历任叶县县尉、北京国子监教授、泰和县知县、德平镇监、秘书省校书郎、《神宗实录》编修官、集贤校理、国史局编修官、起居舍人、宣州知州、鄂州知州、涪州别驾、宣议郎监鄂州、奉议郎兼宁国军判官、朝奉郎兼舒州知州、吏部员外郎、太平州知州等职。北宋崇宁四年（1105），黄庭坚病逝于宜州南楼，享年六十一。而后，宋高宗追赠黄庭坚为"龙图阁大学士"。南宋咸淳元年（1265），宋度宗追赠黄庭坚，谥号"文节"。黄庭坚与张耒、晁补之、秦观都游学于苏轼门下，合称为"苏门四学士"。黄庭坚的书法独树一格，自成一家，他和北宋书法家苏轼、米芾和蔡襄齐名，世称为"宋四家"。在文学界，黄庭坚生前与苏轼齐名，时称"苏黄"。著有《豫章黄先生文集》《山谷琴趣外篇》（又名《山谷词》）等。书迹有《华严疏》《松风阁诗》《王长者史诗老墓志铭》及草书《廉颇蔺相如传》等。

作品赏析

这是一首描绘寺庙壮丽景色与道人修行生活的诗作。此诗开篇描绘出东禅寺的富丽堂皇，随后通过"道人修惠剪篙蓬"一句，展现了圆照禅师勤勉修行、艰苦创业的形象。城南的东禅寺如同珍宝镶嵌，金碧辉煌，庄重非凡。圆照禅师以慈悲为怀，辛勤修缮，剪除杂草，清理出一片净土。他手持一瓶一钵，历经二十载春秋，终于建成了这高耸入秋空的琼楼玉宇，碧瓦红墙，美不胜收。寺内稻田环绕，老幼僧众欢聚一堂，如今又在诸天神祇的居所中，加筑了这高耸的御书阁。阁中珍藏着历代帝王御赐的墨宝，仿佛百神都受命守护这琳琅满目的宫殿。皇帝的文治武功，恩泽广布，如同雨露滋润大地，使得国家连年丰收。贡江与章江如同衣襟与束带般环绕此地，梅岭与桂岭也仿佛前来朝拜。夜晚，星辰如参旗、斗柄般掠过楼阁的栏杆，倾坐其间，仿佛能耳闻银河之风，感受宇宙的浩瀚。圆照禅师饮参悟道，口中常挂佛理，还酷爱作诗，其才华堪比古代文人一公。他家中珍藏的佳句，都被镌刻在美玉之上，流传后世。他邀请我来题诗，我深感自己笔力有限，难以胜任。真希望能有雄浑的文采来压阵这绝妙的景致，甚至希望能唤醒九泉之下的杜甫老翁，让他也来领略这美景，共赋华章。诗人通过细腻的笔触描绘了御书阁的壮丽、稻田的丰收、江河的环绕以及星空的璀璨，构建出一幅幅生动和谐的画面。同时，诗人还巧妙地融入了历史典故与神话元素，增强了诗歌的文化底蕴和艺术感染力。在赞美御书阁及其主人圆照禅师的同时，黄庭坚也表达了自己对杜甫等先贤文风的仰慕之情，以及对自身才疏学浅的谦逊态度。尾联既表达了对美好景致的无限热爱，又寄托了对文学创作的崇高追求，使得整首诗在赞美与向往中达到了高潮。全诗语言朴实，对仗工整，意境深远。

景点链接

慈云塔：又称舍利塔、塔下寺塔，古称瞻云塔，位于江西省赣州市章贡区厚德路40号。位于文庙的东侧，系慈云寺附属建筑。慈云塔始建于北宋天圣元年（1023），建筑面积约5442.5平方米，由地宫、塔基、塔身、塔刹等部分组成，原塔高42米，现塔高49.9米，呈六方形，是一座舍利塔。同时它是一座典型的楼阁式塔，其结构特点是穿腹绕平座而上。舍利塔的塔身为青砖构筑，平面为正六边形，立面为九级，各层之间用砖叠涩出檐，外立面采用砖雕成梁柱和斗拱进行装饰，塔顶部安装有宝珠状塔刹。舍利塔的塔身外面建有木构的飞檐回廊，而且底部的大回廊为重檐结构，勾绘出了塔身的优美轮廓线，这在江南的宋塔中独树一帜。舍利塔上，保存有"天圣元年""舍利塔砖僧""天圣二年女弟子陶氏一娘舍钱二十吊"等铭文塔砖，它是江西省有确切纪年可考的一座珍贵宋塔。2004年，在对舍利塔进行维修的过程中，于第四层的暗龛中，出土了一批宋代的佛像和珍贵的宋代纸本经卷和绢本彩画。慈云塔与文庙相毗邻，自古以来就是赣州城区的重要人文景观。清代被誉为"雁塔文峰"，是赣州八景之一。

1957年，慈云塔被江西省政府公布为第一批省级文物保护单位。

2006年5月25日，包含慈云塔在内的赣州佛塔被国务院公布为第六批全国重点文物保护单位。

赣州文庙：位于赣州市章贡区厚德路42号，厚德路小学旁边。文庙在唐代为道教宫观紫极宫，宋代改为大中祥符宫，北宋庆历年以后，辟建县学，俗称文庙，明代曾再次恢复大中祥符宫，至清代乾隆年间，再将县学迁回此地。文庙建筑群受岭南建筑风格的影响较大，山墙起伏变化，多采用曲线。文庙的礼制建筑基本保存完好，坐北朝南，占地面积约13000平方米，沿轴线依次分布着万仞宫墙、广场、棂星门、泮池、仪门、官厅、大成门、厢房、大成殿、崇圣祠、节孝祠及轴线东侧的尊经阁和藏经楼。文庙大成殿内塑有孔子像，以及孔伋、孟子、曾参、颜回四配之像，两侧还塑有十二哲人像，以供游人瞻仰祭拜，大成殿东侧的钟楼内还置放有明朝永乐年间由大中祥符宫进京的道教国师刘渊然捐赠的大铜钟一口。同时大成殿是建筑组群的精华，建筑形式采用重檐歇山顶，覆以黄绿相间的高温彩瓷琉璃瓦，成为全国古建筑中的孤例。文庙现存的建筑群系清代乾隆四十二年（1777）重建，是江西现存规模最大、形制等级最高、保存原状最完整的清代县学和祭孔场所。

2013年3月5日，赣州文庙被国务院公布为第七批全国重点文物保护单位。

赣州文庙

崆峒山

南宋 · 李朴

云根^[1]秀出碧芙蓉^[2]，烟晃霞飞^[3]瑞霭^[4]中。

地脉^[5]九枝^[6]龙奋^[7]蛰^[8]，天河^[9]一派练横空^[10]。

注释

[1]云根：山的高处，也称山石。

[2]碧芙蓉：比喻苍翠的山峰。

[3]霞飞：犹仙逝。

[4]瑞霭：烟雾的美称。

[5]地脉：土地的脉络，地形的走势。后亦指堪舆家形容地形的好坏。

[6]九枝：形容枝条繁多。

[7]龙奋：指贤才之士奋发有为。

[8]蛰：隐藏。

[9]天河：天空连亘如带的星群。

[10]横空：弥漫天空。

作者简介

李朴（1063—1172），字先之，人称章贡先生，虔州兴国（今属江西赣州）人。北宋诗人。宋哲宗绍圣元年（1094）进士及第，曾任国子监教授、著作郎、秘书监等职。为官正直，敢于直谏，不畏权奸。其诗多描写景物，构思新奇。著有《章贡集》《丰清敏遗事》。

作品赏析

这首诗描绘了崆峒山的壮丽景色。崆峒山的山根如同秀美的碧绿色芙蓉一般挺拔而出，云雾缭绕，霞光飞舞，在吉祥的彩云之中若隐若现。这山仿佛是大地的脉络，九条支脉如同巨龙般蓄势待发，正欲挣脱冬眠的束缚，展现出勃勃生机。而高远的天空中,一条银河如白练般横空而过,壮观非凡。整首诗富有意境美,用词精湛,想象丰富,寄托了诗人对大自然的敬畏之情和对生命力量的赞美。

景点链接

峰山:位于赣州市东南郊大约10公里。自古以来峰山就是赣州名山,唐以前叫作仁空山,宋代更名为崆峒山。三易其名,宝盖朝云,却一直稳居在赣州的城市八景之首。峰山属亚热带湿润气候区,雨量充沛、气候宜人。群山叠嶂,峰峦起伏,山色秀美,最高峰宝盖峰海拔1016.4米。据赣州市林科所调查,境内有种子植物156科902种,其中有南方红豆杉、银杏、伯乐树、异叶玉叶金花等4种国家一级保护树种,福建柏、台湾杉、马褂木、厚朴、半枫荷、闽楠等14种国家二级保护树种。此外,境内还有野生动物184种,其中包括蟒、云豹等2种国家一级保护动物,穿山甲、白鹇、金猫、虎纹蛙、苏门羚等21种国家二级保护动物。峰山现有景点30余处,以"林翠、云幻、水秀、岩奇、史悠"为显著特色。峰山的伟岸多姿,北宋诗人李朴将其雅汇成二十八个字:"云根秀出碧芙蓉,烟晃霞飞瑞霭中。地脉九枝龙奋蛰,天河一派练横空。"这里负离子含量平均4.8万个/立方厘米,是天然"氧吧",也是赣州中心城区的"绿肺"和广大市民休闲、度假的理想去处。

菩萨蛮·书江西造口壁

南宋·辛弃疾

郁孤台下清江[1]水，中间多少行人泪。西北望长安[2]，可怜[3]无数山。青山遮不住，毕竟东流去。江晚正愁予[4]，山深闻鹧鸪[5]。

注释

[1]清江：即章贡二江，环赣州城而绕，至郁孤台下汇为赣江北流。

[2]长安：汉唐旧都。

[3]可怜：令人惋惜，表达了作者对中原大地沦陷的惋惜和追念。

[4]正愁予：语出屈原《九歌·湘夫人》"目眇眇兮愁予"。

[5]鹧鸪：借指鹧鸪鸣声。

作者简介

辛弃疾（1140—1207），原字坦夫，后改字幼安，中年后别号稼轩，山东历城（今山东济南）人。南宋将领、文学家，爱国词人，豪放派词人，有"词中之龙"之称。绍兴三十二年（1162）参加抗金义军，南归后任江阴签判、建康府通判，乾道八年（1172）知滁州。淳熙年间历任荆州南路、江南西路安抚使，惜壮志难酬，罢任后闲居江西上饶的带湖。嘉泰三年（1203）起知绍兴府，改知镇江府。开禧北伐前后，宰臣韩侂胄接连起用辛弃疾知绍兴、镇江二府，并征他入朝任枢密都承旨等官，均遭辞免。开禧二年（1206）任兵部侍郎。曾上书力陈抗金复国方略，致遭当权者之忌。落职后长期过着闲居生活，开禧三年（1207），辛弃疾抑郁而终，享年六十八。绍定六年（1233），追赠光禄大夫。德祐元年（1275），经谢枋得申请，宋恭帝追赠辛弃疾为少师，谥号"忠敏"。其词豪迈悲壮、慷慨激昂，富有爱国情怀，号为"稼轩体"，与苏轼并称"苏辛"，与李清照并称"济南二安"。著有《稼轩词》《稼轩长短句》，存词629首。

作 品 赏 析

这首词创作于淳熙三年（1176）。辛弃疾南归已逾十年，他来到造口（今江西皂口镇），俯瞰着江水不舍昼夜地流逝，词人的思绪也随之起伏波动。南宋时期的罗大经在《鹤林玉露·辛幼安词》中记载："其题江西造口壁词云云。盖南渡之初，虏人追隆祐太后，御舟至造口，不及而还，幼安因此起兴。"回溯至靖康二年（1127），金兵攻入汴京，掳走了徽宗和钦宗，北去的途中，隆祐太后因曾是废后而幸免于难，北宋随之灭亡。在那个动荡的时刻，她临朝听政，并扶持康王（即后来的宋高宗赵构）登基。建炎三年（1129），金兵的西路部队穷追隆祐太后至造口，而东路的金兵则渡过长江，攻陷了建康和临安。

上片以景起兴，借清江之水喻南渡百姓的泪水，既形象又富有深意，奠定了全词哀婉愁苦的情感基调。直接表达了词人对北方故都的思念，以及因重重山峦阻隔而无法目睹的无奈与悲哀。下片以江水的坚定东流，反衬出词人对国家民族命运不可逆转的坚定信念。即便有重重青山阻挡，也无法改变江水向东奔流的事实，象征着历史潮流不可阻挡，国家终将复兴的希望。而"江晚正愁予，山深闻鹧鸪"则通过环境描写，进一步渲染了词人的愁绪。江晚的凄凉、山深的孤寂，加上鹧鸪的悲鸣，共同构成了一幅哀婉动人的画面，使词人的愁情更加深沉而复杂，全词以山水起兴，笔势健举，气势磅礴，深刻地表达了词人对国家兴亡的忧虑和对中原故土的深切怀念。郁孤台因这首词而声名鹊起，成为郁孤台的诗词经典之作！梁启超《艺蘅馆词选》评此词说："《菩萨蛮》如此大声镗鞳，未曾有也。"

景点链接

郁孤台：位于赣州市老城区内西北部的贺兰山山巅，取其地树木葱郁，山势孤独而名郁孤台。郁孤台始建于唐代，历代登临郁孤台的名人有，李渤、苏东坡、岳飞、文天祥、王阳明等。南宋淳熙年间，著名词人辛弃疾任职于赣州，曾留有名作《菩萨蛮·书江西造口壁》一词："郁孤台下清江水，中间多少行人泪。西北望长安，可怜无数山。青山遮不住，毕竟东流去。江晚正愁予，山深闻鹧鸪。"郁孤台从此名扬海内。郁孤台景区依山辟建有郁孤台公园，园内有辛弃疾的塑像，供游人凭吊。郁孤台是赣州市老城区的制高点，台上建有高三层的仿木结构楼阁一座，登临郁孤台，可俯瞰历史文化名城赣州的全景。赣州市文物保护单位。

方特东方欲晓主题公园：由华强方特集团投资打造，是江西省内第一座方特主题公园，也是华强方特旗下首座以红色文化为主题的大型高科技主题公园。公园位于江西省赣州市章贡区水西镇方特大道1号，园区占地近40万平方米，总投资30多亿元，包括六大历史主题区域、十余项室内大型高科技主题项目和二十余项室外休闲项目，以及数百个特色景观和主题餐厅、商店，满足游客多元化需求。方特东方欲晓主题公园以百余年来中华民族的奋斗征程为背景策划，通过现代高科技创造沉浸式互动体验，包括六大历史主题区域和众多大型红色文化主题项目，演绎中华民族寻求国家独立和民族复兴的近现代历史，打造红色旅游新体验。

郁孤台

游通天岩即事四解

南宋·胡榘

其一　通天岩

万龛石佛坐观空，安用悬崖架梵宫。

织使风雷窒岩窦，此心元自与天通。

其二　翠微岩

清献濂溪[1]二老仙，风流景仰一时贤。

摩挲名刻追前躅，薜晕苍崖愧续镌。

其三　忘归岩

穹岩如屋耸翚飞，俯伛嵌根隧径微。

透脱空虚真出世，徘徊何处淡忘归。

其四　玉岩

阳翁[2]故居仍依然，郁郁松筠锁翠烟。

一世辛勤躬笔耒，可怜种玉[3]不逢年。

注释

[1]清献濂溪：清献指赵抃，濂溪指周敦颐。
[2]阳翁：指隐士阳孝本。
[3]种玉：形容雪景。

通天岩

作 者 简 介

　　胡榘（1163—1244），字仲方，江西庐陵县（今江西吉安）人。宋抗金名臣胡铨之孙。淳熙十四年（1187）任象山县令，官至户部、兵部尚书。绍定二年（1229）致仕，后复招为尚书。主政期间，浚东钱湖、编《宝庆四明志》、兴办教学、修建郡城，惠政泽民。

作 品 赏 析

　　这组诗作以生动的笔触，描绘了诗人在探访通天岩名胜时亲身经历了通天岩、翠微岩、忘归岩与玉岩的壮丽景象，让人仿佛身临其境。第一首表达了诗人对自然与心灵关系的深刻理解。他认为，真正的修行不在于外在的寺庙建筑，而在于内心的宁静与通达。佛像静坐观空，象征着内心的平和与超脱，而风雷被岩石所阻，却不影响人心的自由与广阔。第二首表达了诗人对先贤（赵抃和周敦颐）的敬仰之情，以及对自己能否达到前人高度的不确定感。通过摩挲名刻，诗人感受到了历史的厚重与文化的传承，同时也意识到自己的渺小与不足。第三首描绘了忘归岩的壮丽景色和幽静氛围，表达了诗人对自然美景的陶醉与留恋。岩石的高耸与小径的狭窄形成了鲜明的对比，突出了环境的险峻与神秘。而"透脱空虚真出世"一句，则表达了诗人对超脱尘世、追求心灵自由的向往。第四首通过描绘阳翁旧居的荒凉与松竹的茂盛，表达了诗人对阳翁一生辛勤却未得志的同情与感慨。阳翁的才华与理想如同被埋没的美玉，未能得到应有的赏识与展现，这不禁让人感叹时运不济、命运多舛。同时，诗中也透露出对自然美景的赞美与对隐逸生活的向往。整组诗语言平实又富有哲理，情景交融，是通天岩题壁诗中的佳作。

景点链接

通天岩：位于章贡区水西镇通天岩村狮形下，离城区12公里，因"石峰环列如屏，巅有一窍通天"而得名。这里岩深谷邃，树木参天，丹崖绝壁，石窟玲珑，是一处发育较好的丹霞地貌景区，从唐代末年开始，这里便开创为石窟寺，大量的古代摩崖造像和题刻均集中在景区东部的忘归岩、观心岩、龙虎岩、通天岩、翠微岩五处洞穴的洞窟与峭壁上，共计摩崖造像358尊，摩崖题刻128品，是江南著名的石窟艺术宝库，有"江南第一石窟"之美誉。

通天岩石窟的摩崖造像一共可分为四组：第一，唐代末年的通天岩与翠微岩相交接处开凿的8尊菩萨造像，开通天岩摩崖造像之先河，其中观音菩萨保存最完好，历史和艺术价值最高。第二，北宋中期在通天岩山岩上部开凿的五百罗汉拱卫毗卢遮那佛祖群造像，规模宏大，气势恢宏。第三，北宋后期以明鉴和尚为主施造的单龛十八罗汉像，沿忘归岩、龙虎岩、通天岩、翠微岩一线分布，是通天岩摩崖造像的精华。第四，南宋初年，赣州城内居民朱氏在翠微岩施造的弥勒佛等造像，是通天岩摩崖造像的终曲。

通天岩石窟的题刻，900余年未曾间断。通天岩摩崖题刻文体形式多样，其内容涉及政治、历史、宗教、文化等各个方面，是研究我国书法石刻艺术和地方历史的宝贵资料。

马祖岩

南宋·文天祥

曾将飞锡^[1]破苔痕^[2]，一片云根^[3]锁洞门。

出外人家山下路，石头心事^[4]付谁言。

> **注释**
>
> [1]飞锡：僧人云游四方。
> [2]苔痕：苔藓滋生之迹。
> [3]云根：山的高处。唐宋诗人多称山石为云根。
> [4]心事：心中惦记、挂念的事。

作者简介

文天祥（1236—1283），初名云孙，字宋瑞，又字履善。自号浮休道人、文山，吉州庐陵县（今江西吉安）人。南宋末年政治家、文学家。宋理宗宝祐四年（1256）状元。一度掌理军器监兼权直学士院，因直言斥责宦官洞宋臣，讥讽权相贾似道而遭到贬斥，数度沉浮，在三十七岁时自请致仕。德祐元年（1275），元军南下攻宋，文天祥散尽家财，招募士卒勤王，被任命为浙西、江东制置使兼知平江府。在援救常州时，因内部失和而退守余杭。随后升任右丞相兼枢密使，奉命与元军议和，因面斥元主帅伯颜被拘留，于押解北上途中逃归。不久后在福州参与拥立益王赵昰为帝，又自赴南剑州聚兵抗元。景炎二年（1277）再攻江西，终因势孤力单败退广东。祥兴元年（1278）卫王赵昺继位后，拜少保，封信国公。后在五坡岭被俘，押至元大都，被囚三年，屡经威逼利诱，仍誓死不屈。元至元二十年（1283），文天祥从容就义，终年四十七岁。明时追赐谥号"忠烈"。文天祥与陆秀夫、张世杰并称为"宋末三杰"。文天祥也是一名诗人，诗风气势豪放，其《过零丁洋》中的"人生自古谁无死，留取丹心照汗青"，气势磅礴，情调高亢，激励了后世众多为理想而奋斗的仁人志士。其著作经后人整理，被辑为《文山先生全集》。

作品赏析

这首诗生动地勾勒出马祖岩的壮丽风光，诗人借助景物抒发情感，将内心深处的复杂情感与自然景观巧妙融合，展现了文天祥深邃而细腻的心灵世界。诗人曾手持锡杖，轻柔地抹去岩石上的青苔，漫步于这片云雾缭绕的山岩之间。只见一扇石门仿佛被云层紧紧封印，散发出一种神秘而遥远的气息。当诗人走出这幽闭的洞穴，眼前展开的是山脚下曲折的人家小径，而诗人内心的万千思绪与抱负，却如同这沉默的石头，无处倾诉，只能深藏于心。整首诗通过细腻的自然描绘，巧妙地传达了文天祥在动荡时代中，既渴望超然物外又难以割舍世俗情感的矛盾心理，以及他作为忠诚的义士，胸怀天下却壮志未酬的悲愤与无奈。全诗语言朴实，情感真挚，意境深远。这首诗也是描写马祖岩的名篇，时至今日，游客在游览马祖岩时，依然能够目睹此诗题刻在崖壁之上。

景点链接

马祖岩：位于江西赣州老城区水东镇。马祖岩海拔263米，是俯瞰赣州城的最佳处。因唐代高僧马祖道一曾驻锡于此而得名。宋代，马祖岩就已成为赣州著名的游览胜地了，特别是在每年的九九重阳节，来马祖岩登高的游客可谓络绎不绝。苏轼、文天祥都云游过此处并赋诗称赞。明万历年间，僧人悟学和他的徒弟本慧在佛日峰建马祖岩寺，香火始盛，延续数百年。马祖岩景区还有赣州八景中的两个景点——"马崖禅影""尘外亭"，还有宋代以来的石刻6处，其中现存4处，均属市级文物。

现马祖岩已改造为马祖岩人文公园，公园秉承"生态为基、文化为魂、特色发展"的开发理念，采取故事浮雕、诗文碑刻、景观石等形式全方位展示马祖岩文化，加入了体育运动元素，"历史+体育""游览+健身"相得益彰，不仅可以健身，还能俯瞰赣州城，吸引众多市民在此游览、健身。

题郁孤台

南宋 · 文天祥

城郭春声阔，楼台^[1]昼影迟。

并天浮雪界^[2]，盖海出云旗^[3]。

风雨十年梦，江湖湖城思。

倚阑^[4]时北顾，空翠^[5]湿朝曦^[6]。

注释

[1]楼台：凉台、高楼的露台。

[2]雪界：比喻白色江面。

[3]云旗：亦作"云旂"，以云为旗。

[4]依阑：倚靠在栏杆上。

[5]空翠：青色的潮湿的雾气。

[6]朝曦：早晨的阳光。

作品赏析

　　这首诗生动描绘了郁孤台的壮丽景象，寄托了诗人深沉的家国情怀以及对往昔岁月的无限感慨。春日里，城郭内外回响着生机勃勃的声音，显得格外辽阔；白天，楼台在阳光的映照下，投下长长的影子，时间仿佛在这里流淌得更为缓慢。天空与远处的雪山相接，仿佛整个世界都被冰雪轻轻覆盖；海面上，云雾缭绕，仿佛有军队的旗帜从云海中升起，气势磅礴。回首过去的十年，风雨兼程，那些经历如同梦境一般；而诗人的心，却始终牵挂着那江湖与故城，思念之情难以言表。此刻，诗人独自倚靠在栏杆上，向北眺望，只见翠绿的山色在清晨的阳光下更显清新，仿佛那湿润的朝露也沾湿了诗人的衣襟。全诗语言优美，用词考究，情景交融，展现了文天祥深厚的爱国情怀与高尚的人格魅力。

赣州

南宋·文天祥

满城风雨[1]送凄凉[2]，三四年前此战场。

遗老[3]犹应愧蜂蚁[4]，故交[5]已久化豺狼[6]。

江山不敢人心在，宇宙方来[7]事会[8]长。

翠玉[9]楼前天亦泣，南音半夜落沧浪[10]。

注释

[1]满城风雨：语出唐韦应物《同德寺雨后寄元侍御李博士》的"川上风雨来，须臾满城阙"。后多用来形容深秋或晚春时到处刮风下雨之景色。

[2]凄凉：形容环境孤寂、冷清。

[3]遗老：前一朝代的旧臣。

[4]蜂蚁：比喻叛乱者。

[5]故交：旧友。

[6]豺狼：豺和狼是两种贪狠残暴的野兽。比喻狠毒的恶人。

[7]方来：将来。

[8]事会：机遇。

[9]翠玉：翠绿色的硬玉。光泽如脂，半透明，可作上等饰品。也称为"翡翠"。

[10]沧浪：青苍色的水。

作品赏析

这首诗通过对赣州城景致的描绘，寄托了诗人对国家命运的深切感慨和个人的爱国情感。诗的起始便确立了全诗的哀婉悲凉基调，其中的"风雨"既指自然界的暴风雨，也隐喻了动荡的时局和国家的危机。赣州城内，风雨肆虐，带来了无尽的凄凉之感，而三四年前这里还是战火纷飞的战场。那些饱经战乱的老人，或许会因自己未能像微小却能自保的蜂蚁而感到愧疚；往昔的友人，却已变得如同冷酷无情的豺狼。尽管江山易主，但人心向背的力量依旧存在，宇宙间未来之事，必将迎来转机与希望。翠玉楼前，连天似乎都在为这世事的哀伤而哭泣，夜半时分，南音（可能指南方故土的音讯或音乐）伴随着沧浪之水，更添几分凄凉与思念。整首诗情感深沉而真挚，既饱含了对过去的反思与痛惜，也蕴含着对未来的希望与憧憬，充分体现了文天祥作为爱国诗人的高尚情操和坚定信念。

景点链接

福寿沟博物馆

福寿沟博物馆：位于赣州市章贡区厚德路22号（魏家大院旁），建于2019年12月，是章贡区重点文旅项目。在室内布展设计上，通过镜面、投影、结构、艺术装置等互动体验方式，重建虚实关系、模糊虚实边界，带领参观者身临其境，领悟身体与空间的关系，从宏观到微观全面剖析福寿沟，向世人展示中国古代城市地下排水系统的样板。

福寿沟博物馆总共三层，地上两层，地下一层。大厅色彩明亮，风格雅致，打破了传统的冰冷展陈模式。一楼、负一楼是主要的展陈区域，二楼则设有博物馆的特展区、研学区和办公区。展陈区域由序厅、福寿溯源、福寿智慧、海绵城市、他山之石和传承后记共六大部分组成，通过图片、文字及多媒体等技术手段，系统、真实、有趣地展示福寿沟的修建背景、结构组成、建造技艺、科学原理，让游客充分感受赣州先民精益求精的工匠精神，充分见证人类古代水利史上不可复制的历史奇迹。负一楼利用一段已挖掘的福寿沟，展现福寿沟的原真情景，实现与游客的零距离接触，为游客呈现一座千年不朽的"城市良心"。

博物馆室内布展设计思路是以人引事，以事叙史，通过讲述山、水、城、人之间的关系，阐述福寿沟的渊源。在设计上采用了360度环幕影院、投影动态演示、大型艺术城楼3D投影秀、手势交互系统等科技手段，突出互动体验。针对福寿沟深埋地下无法深入体验参观的痛点，设计团队利用手势交互系统，探索深埋在地下世界的"宝藏"，这种沉浸式虚拟漫游，带给观者一场逼真的穿越之旅。

赣州

明·祝允明

萧瑟^[1] 滩声^[2] 怒复幽，四程犹未是炎州^[3]。

行人不解居人语，章水相逢贡水流。

蒌叶^[4] 槟榔须学啖，莼羹^[5] 盐豉^[6] 向谁求。

英贤满路容参谒^[7]，珍重昌言日拜收。

注释

[1]萧瑟：寂寞冷清。

[2]滩声：水激滩石发出的声音。

[3]炎州：泛指南方广大地区。

[4]蒌叶：植物名，蒟酱的别名。胡椒科胡椒属，常绿藤本。茎蔓生，全株无毛，叶卵形至心形。穗状花序下垂，花细小，有芳香。秋季结实，果序圆柱状，果肉质，有辣味，可以制酱。

[5]莼羹：莼菜做的羹。

[6]盐豉：食品名，即豆豉。用黄豆黑豆煮熟霉制而成。常用以调味。

[7]参谒：依礼进谒、拜见。

作者简介

祝允明（1461—1527），字希哲，因长相奇特，而自嘲丑陋，又因右手有枝生手指，故自号"枝山"，世人称"祝京兆"，长洲（今江苏苏州）人。明代文学家、书法家。祝允明擅诗文，尤工书法，以小楷、狂草名动海内。与唐寅、文徵明、徐祯卿并称"吴中四才子"。代表作有《太湖诗卷》《箜篌引》《赤壁赋》等。所书"六体书诗赋卷""草书杜甫诗卷""古诗十九首""草书唐人诗卷"及"草书诗翰卷"等皆为传世墨宝。著有《怀星堂集》《枝山文集》《祝氏集略》《祝氏小集》等。今人有校点本《祝允明集》。

作 品 赏 析

　　这首诗是祝允明在旅途中所作，描绘了他前往赣州途中的所感所想，以及对当地风土人情的初步印象和对求学问道的期待。这首诗以行旅为线索，巧妙地融合了自然景象、地域文化、个人情感以及对知识的渴望。首联以江水的动态和行程的漫长，营造出一种旅途的艰辛与对目的地的期待感，同时"炎州"一词预示着赣州作为南方城市的独特气候特征。颔联则通过语言不通的困境与地理上的巧合相遇，反映了旅途中的文化差异与偶遇的惊喜，也寓含了人生旅途中的不期而遇与相互理解的可能。颈联展现了诗人对当地饮食习惯的好奇与适应，同时也流露出对故乡味道的怀念，表达了人在异乡对家乡的深深眷恋。尾联"英贤满路容参谒，珍重昌言日拜收"则将笔触转向对知识的追求和对贤人的敬仰，展现了诗人积极向学、渴望与英才交流学习的精神风貌，以及对所得教诲的珍视与感激之情。整首诗情感丰富，意境深远，既有对自然风光的描绘，也有对人文情怀的抒发，是一首充满生活气息与哲理思考的佳作。

景 点 链 接

　　建春门：建春门是赣州古城的五大城门之一，位于赣州市章贡区老城区古城墙东北部，始建于东晋永和五年（349）。建春门之外贡江上的古浮桥，作为全国历史文化名城的历史文化景观，至今仍有实用价值，是两岸百姓的重要交通之道。建春门名称是比照汉魏洛阳城东城门的名称而来的，寓意春天节气由东部季风携来。建春门中的"建"字有其特定的寓意，古代天文气象观测者称北斗星斗柄所指为"建"。一年之中，北斗星斗柄旋转而依次指为"十二辰"，称为"十二月建"。夏历（农历）的月份即由此而定，所以有建寅、建卯、建辰等说法。"春"寓意春天，以"建春"做东门，也契合了春天节气由东部季风携来的寓意。

　　建春门浮桥：又称东津桥、东河浮桥。浮桥长约400米，连接贡江的两端，由100多只小舟板并束之以缆绳相连而成，始建于宋乾道年间（1165—1173），已有800多年历史。整座浮桥分为33组，用缆绳把它们连接起来，然后用钢缆、铁锚固定在江面之上。浮桥长约400米，桥面宽5米，用100多只木舟（现改成铁舟）连接而成，沿用至今。这座拥有超过800年历史的浮桥，宛如一位坚韧不拔的老者，傲然挺立于章江之畔。它与市内古朴蜿蜒的古城墙、壮丽秀美的八境台，以及庄重巍峨的涌金门共同见证了赣江的滚滚波涛，为赣州人民带来了福祉。作为连接城市与乡村的重要桥梁，它不仅承载着交通的功能，更成为赣州市一道独特而引人注目的风景线，被誉为赣州之瑰宝。

2018年3月21日，建春门浮桥被列入第六批江西省重点文物保护单位。

龟角尾： 原称龟尾角。赣州古城被章江、贡江和赣江三江环抱，再加上南边的护城河，四面环水，被人称作"浮州"。如果从空中俯瞰，会发现赣州古城像一只巨龟浮在水面上，南门是巨龟的头部，北门是巨龟的尾部，因此这里被称作"龟角尾"。

龟角尾

游狮子岩

明·吕祯

古洞何幽阒[1]，新诗足品题。

晨光飞野马，春瓮舞醯鸡[2]。

露洗花增艳，风柔鸟善啼。

云房[3]僧话久，归路日平西[4]。

注释

[1]幽阒：静寂。

[2]醯鸡：酒瓮中生的一种酒虫。

[3]云房：僧道或隐者所居住的房屋。

[4]平西：太阳西倾，即将落下。

作者简介

吕祯，字廷福，江西赣县人。明代隐士。明成化年间（1465—1487）由乡贡授宁丞。上任5个月，辞官回乡，隐居龙潭山下，吟诗作对，自得其乐。著有《龙溪清啸》《百感诗余》以及《耕余录稿》等。

作品赏析

这首诗描绘了一幅清新脱俗、宁静致远的春日游山图景。诗以游狮子岩为线索，通过细腻的笔触和丰富的想象，展现了一幅幅生动美丽的画面。首联赞美了狮子岩古洞的幽静深邃，又表达了自己对此美景的赞叹与题咏之情。颔联运用了生动的比喻，将晨光中的光影变幻比作野马奔腾，将春日酒瓮旁可能产生的微小生物活动想象为醯鸡之舞，既展现了自然界的奇妙与活力，又增添了诗歌的趣味性和想象力。颈联则通过描写露水滋润花朵使其更加艳丽，以及春风柔和使得鸟鸣声更加悦耳，进一步渲染了春日早晨的清新与和谐，让人仿佛置身于那美好的自然环境之中。尾联将笔触转向人与自然的和谐共处，诗人在云雾缭绕的僧房中与僧人长久交谈，不仅体现了诗人对佛教文化的向往和尊重，也表达了诗人对宁静生活的向往和追求，给人留下了无尽的遐想空间。整首诗语言优美、意境深远、情感真挚，充分展现了作者对自然美景的热爱和对宁静生活的向往。

景点链接

狮子岩：位于宝盖峰南面，与宝盖峰遥遥相对。其石有泉井，名曰"狮泉"，前行百步，是带有人生哲理的"勿回头"景点。两块直立的岩石夹峙左右，人需侧身而行。临近则是形如盘状的悬崖。越过此石，抬头仰望，忽见一座花岗岩石头，放眼细看，状如一头卧狮。此外还有恍如天外来客的仙人石、弥勒佛石和狮子岩洞等等。现在此处建有峰山度假村，山径上有紫气阁、小憩亭、惜亭，山巅有极目亭。

夜坐章贡台

清·杨廷麟

横笛^[1]中宵^[2]动客星，一声劳雁出沙汀^[3]。

瓦铛^[4]未免聊同俗，匏^[5]酌何须叹独醒。

万户笙歌^[6]同夜戍，百年风雨此秋亭。

诸公莫洒新亭泪，半壁河山眼倍青。

注释

[1]横笛：乐器名，吹管乐器。横吹的笛子。其形为长形圆管状，中空，气由最左方的吹孔吹入管里振动而发声。其材质有竹、木、玉、金属等。

[2]中宵：半夜。

[3]沙汀：水边或水中的平沙地。

[4]瓦铛：陶制炊器。

[5]匏：匏瓜，葫芦的一种，外壳剖开可用来舀水。

[6]笙歌：合笙歌唱。亦泛指奏乐唱歌。

作者简介

杨廷麟（1596—1646），字伯祥，一字机部，晚年自号兼山，意在效法文天祥（号文山）、谢枋得（号叠山）这两山气节。江西临江（今江西樟树）人。崇祯四年（1631）进士，选翰林院庶吉士，授编修，充讲官兼值经筵，与倪元璐、黄道周齐名，人称"三翰林"。后改兵部主事、赞画督师卢象升军事。南都陷，隆武帝加兵部尚书，攻复吉安，旋失，退保赣州，清兵陷城，投水殉国。永历二年（1648），永历帝追赠杨廷麟少保新淦伯，谥"文正"。著有《兼山集》《杨忠节公遗集》等。

作品赏析

　　这首诗通过描绘诗人深夜在章贡台时的思考，抒发了诗人复杂而深沉的情感，既包含了对个人境遇的感慨，也融入了对国家时局的忧虑与期许。首联营造出一种清冷而孤寂的氛围，笛声与客星相映，又通过孤雁的形象，进一步强化了这种孤独与漂泊之感，寓含了诗人客居他乡的愁绪与对远方故土的思念。颔联表达了诗人在世俗与自我高洁之间的微妙平衡。一方面，诗人承认在现实生活中不得不顺应世俗，使用粗陶器皿等物；另一方面，诗人又强调内心的独立与清醒，不以世俗的标准来衡量自己，体现了诗人超然物外的情怀。颈联则将视野从个人转向了社会与国家。万家灯火下的笙歌与边疆的夜戌声交织在一起，展现了国家的安宁与边疆的守卫，同时也隐含了对国家安定背后的默默付出的敬意。而"百年风雨此秋亭"则是对历史沧桑的感慨，也暗含了对章贡台这座秋亭所见证的历史变迁的沉思。尾联是全诗的高潮与升华。诗人借古喻今，劝诫同仁不要像东晋时在新亭宴会上悲叹国家沦丧的士人那样，沉溺于悲伤之中。诗人传达出一种态度，尽管国家面临困境，但只要我们心怀希望，坚定信念，眼前的半壁河山依旧青翠欲滴，充满生机与希望。这种积极乐观的态度，体现了诗人对国家未来的坚定信心和对民族精神的深刻领悟。全诗情感丰富，意境深远。

景点链接

　　清水塘：清水塘是赣州老城区所剩不多的水塘，也可能是现存水域面积最大的水塘，在福寿沟文化、海绵城市建设中有着重要地位。清水塘的四周由精美的石雕护栏围起，中间一座石桥，将其分隔两半。靠近孟衙巷处还建有"忠义廊"，可坐在廊里观赏清水塘全貌。

羆园

清·王士禛

初来羆园^[1]里，早爱羆园诗。

夜雨前山过，青苔满院滋。

故人倾卯酒^[2]，名卉发辛夷^[3]。

物候^[4]炎方^[5]异，春风生桂枝^[6]。

注释

[1] 羆园：赣州公园的古称。

[2] 卯酒：在晨间喝的酒。

[3] 辛夷：植物名。木兰科木兰属。

[4] 物候：万物应节候而异，称为"物候"。如草木荣枯，昆虫发蛰，候鸟往来。

[5] 炎方：南方。

[6] 桂枝：桂木的树枝。

作者简介

王士禛（1634—1711），原名王士禛，字子真，一字贻上，号阮亭，又号渔洋山人，世称王渔洋。清初诗人、文学家、诗词理论家。清顺治十五年（1658）进士，选为扬州推官。康熙四十三年（1704），官至刑部尚书，颇有政声。康熙五十年（1711）卒于里第，享年七十八。谥文简。王士禛主盟康熙诗坛数十年，追随者众多，与朱彝尊号称"南朱北陈"。王士禛诸体皆擅，尤工七绝。同时，王士禛亦爱藏书，作书楼"池北书库"，取白居易池北书库之名命名，藏庋之富，甲于山左。与"曝书亭"并称盛一时。其一生著述达五百余种，作诗四千余首，主要有《渔洋山人精华录》《蚕尾集》，杂俎类笔记《池北偶谈》《香祖笔记》《居易录》《渔洋文略》《渔洋诗集》等数十种。

作品赏析

这首诗以超凡脱俗的笔触，精心刻画了诗人在罴园（即今日之赣州公园）的生动场景，展现了与挚友欢聚的温馨画面，以及对自然风光无尽的喜爱与向往。初次踏入这罴园之中，诗人便深深爱上了这里，连同那些吟咏罴园的优美诗篇。夜晚，细雨悄悄掠过前方的山峦，绵绵不绝，雨后，满园的青苔因雨水的滋润而更加翠绿欲滴，生机勃勃。与老友相聚，畅快地倾饮着清晨酿就的美酒，谈笑风生；而园中那些名贵的花卉，如辛夷花，也在这春日里竞相绽放，香气袭人。虽然此地地处南方，气候与北方大不相同，但春天的气息依然浓郁，仿佛连桂枝上也生出了春天的绿意与希望。整首诗语言平实，意境深远，情景交融，表达了诗人对罴园的深厚情感及对生活的热爱。

景点链接

赣州公园：曾名罴园，是赣州城区最早的一个综合性公园，总面积2.97公顷。赣州公园原为南赣巡抚治所，明弘治八年（1495）由都御史金泽创建。清康熙四年（1665），撤销巡抚，改为赣南道署，康熙二十三年（1684）巡道丁炜辟其左为罴园。至道光二十四年（1844），园中建有丰台山、春雨轩、抚琴堂、玉兰连理馆等建筑。道光二十六年（1846）巡道李本仁将园中的名胜概括为"罴园十二景"：大廓步月、曲径疏泉、西轩古桂、北富新竹、层霄阁影、别墅书声、桐院鸣琴、柏堂栖鹤、南楼读画、东篱问菊、林亭延爽、池馆停云。1933年夏，赣州市政公署将道署旧址开辟为赣州公园，1944年改名中正公园。之后，复名赣州公园。园内古木参天，是赣州市民经常的消暑纳凉、晨练之地，现在为市民观赏、游览、休闲、娱乐的主要场所。

赣州解放十周年纪念碑：位于赣州市文清路赣州公园内。1949年8月14日，解放军一四四师主力挺进赣州城郊，国民党守军弃城而逃，第四十八军军长贺晋年、第一四四师师长周红杰和第四二团团长夏绍林即率部进城，赣州城宣告解放。1959年，为纪念赣州解放十周年，赣州市人民委员会将赣州公园内建于1940年的"抗日阵亡将士纪念碑"改建为"解放十周年纪念碑"。纪念碑高8米，占地面积34.3平方米。纪念碑雕塑的作者共有3人，即时任赣州市文化馆副馆长潘君武，赣州四中美术教师林宗杰，赣州五中美术教师杨海峰。

2004年12月，被列为赣州市爱国主义教育基地。

嵯峨寺

清·李元鼎

荒城古寺郁嵯峨，夏日幽寻偶一过。

茗煮清泉来水远，地矜高阜得山多。

尚留余业营新构，且听残钟抚旧河。

最是天涯同胜侣[1]，潇湘风雨问渔蓑[2]。

注释

[1]胜侣：良伴。

[2]渔蓑：也作"渔簑"，渔人的蓑衣。

作者简介

李元鼎（1595—1670），字吉甫，号梅公，吉水县（今江西吉安）人。明天启二年（1622）进士，授行人。官至光禄少卿。入清后，授太仆寺少卿，升至兵部左侍郎。晚年被赠户部尚书，多次沉浮升降，还曾涉案获罪。幸免。罢归后，凿池筑室，与远山夫人朱中楣倡和其中。元鼎居官无可称举，独喜从文士游，故其诗词亦因之负时名。著有《石园集》《砚斋文集》。

作品赏析

这首诗描绘了诗人游历嵯峨寺时的所见所感。在荒凉的古城之中，有一座古寺巍峨挺立，高耸入云，诗人在一个夏日的闲暇时光里，偶然间寻访至此。寺内，诗人用远道而来的清泉煮茶，茶香四溢，水声潺潺；这里地势高峻，四周群山环绕，仿佛大自然特别偏爱此地，赐予了它无尽的山色。寺庙虽历经沧桑，但仍有人在此辛勤营建新的屋舍，以期延续古刹的香火。诗人静静地聆听远处传来的阵阵残钟余音，它似乎在轻抚着那条见证了无数过往的河流。而最让诗人心生欢喜的是，在这远离尘嚣的天涯海角，能与志同道合的友人相伴，共赏这潇湘之畔的风雨美景，忘却尘世烦恼，只愿身披蓑衣，做一名自在的渔翁。尾联诗人笔锋一转，由景及情，表达了自己与友人共赏胜景、同历风雨的深厚情谊。这种超脱世俗、寄情山水的情怀，不仅体现了诗人对自然美的热爱与追求，也反映了其淡泊名利、超然物外的人生态度。整首诗意境深远，语言优美，读来令人回味无穷。

景点链接

标准钟： 位于赣州市章贡区解放路与阳明路、和平路交会路口。始建于1952年10月18日，落成于1953年5月1日。建此钟楼，是当时的赣州市政府为了庆祝新中国成立而决定的。标准钟楼共有六层，高20米，因四面有计时大钟而称标准钟，是当时赣州城最高的建筑物。20世纪90年代前，这里是赣州城区最繁华的地方，一直被视为赣州城的标志。

灶儿巷： 位于赣州城区东部，是宋代赣州六街之一的阴街，明代称作姜家巷，清初因巷内多住皂儿（衙役），后谐音叫成灶儿巷。灶儿巷靠近贡江建春门码头，是古赣州最繁华的地段之一。街区保留了清代以后客家民居的完整风貌，其中有书院、店铺、作坊、客栈、寺院、钱庄等客家古建筑。巷中建筑风格多样，临街的牌坊古朴庄重，风火山墙错落有致，灰塑门楼古香古色，传统门楼高大气派，深宅大院气势非凡。灶儿巷全长227.3米，巷道呈"S"形，保留在这条巷子里的主要有店铺、作坊、宾馆、钱庄、衙署、民居等。灶儿巷西南与和平路相接，东北连六合铺街，中通老古巷，建筑风格也包括赣南客家建筑、赣中天井式建筑、徽州建筑以及西洋式建筑等流派，体现出城市建筑的多元性。

苏阳夜话亭

清·丁炜

十里无端枉道来，明知遗迹委蒿莱。

人间好事谁如我，博得圆通一宿回。

夜话亭

作 者 简 介

　　丁炜（1635—1696），字澹汝，号雁水，福建晋江人。清顺治八年（1651）未弱冠补县学生。十二年，清将济度统帅取漳州，诏便宜置郡县吏，选炜为第一，授漳州教谕，后迁知直隶献县（今属河北），内擢户部主事。由郎中出为赣南分巡道，迁湖北按察使。寻坐事谪官，居武昌。武昌兵变，胁使署巡抚，炜以死拒，弃家走安庆。事平，降补知府云南，寻复按察职。康熙二十八年（1689）以目疾辞归，后七年卒。亦善词，为清初闽派重要词人，与朱彝尊、吴绮、陈维岳、龚翔麟等名家均有唱和。著有《问山诗集》《问山文集》，词有

《紫云词》一卷行世。

作品赏析

　　这首诗运用了对比与反衬的技巧，生动地表达了诗人对历史遗迹的怀旧之情以及对个人命运的庆幸。开篇的"十里无端枉道来"，通过"无端"和"枉道"两个词，传达了诗人此行似乎缺乏具体目标，或许是为了追寻和缅怀过去，即便旅途漫长且可能徒劳无功，诗人仍旧坚定地踏上了这段旅程。紧接着，"明知遗迹委蒿莱"一句，直接揭示了遗迹的现状——被杂草覆盖，一片荒芜，流露出诗人对光阴流逝、世事变迁的深深感慨。"人间好事谁如我"这一句，诗人笔锋一转，以一种超然的态度，表达了自己对这次旅行的满足和庆幸。诗人认为，在这个充满历史气息的地方度过一夜，与古人进行心灵上的交流，聆听风中的低语，便是人生中难得的幸事。这种心态不仅体现了诗人对历史的尊重和敬畏，也展现了他超脱世俗、追求精神寄托的高尚情操。整首诗语言平实，意蕴深远，通过简洁的叙述和抒情手法，诗人表达了对往昔的怀念、对现实的感怀以及对未来的憧憬，引发读者深思并产生共鸣。

景点链接

　　夜话亭：位于赣州第一中学校园内。夜话亭为北宋大学士苏轼和赣南乡贤阳孝本促膝夜谈之地。北宋绍圣元年（1094），阳孝本游学京师后迁居虔州，隐于通天岩。苏轼迁谪岭南时，经过虔州直访其室，相谈甚欢，同谒祥符宫、夜游廉泉，彻夜长谈，作廉泉诗赠之："水性故自清，不清或挠之。君看此廉泉，五色烂摩尼。"宋代知军赵履祥于廉泉建廉泉亭。明末，赣州兴修县学和书院，知县陈履忠和乡绅卢子占视察光孝寺藏经时，发现夜话图残破有感，倡议捐修廉泉和夜话亭，并建廉泉书院。清顺治十年（1653），巡抚南赣都御史刘武元改廉泉书院为濂溪书院。雍正元年（1723）拆旧亭建新坊于廉泉东南，并题名"章贡第一泉"，书苏诗于枋楣，乾隆八年（1743）又改建夜话亭。绘刻苏、阳二公夜话图像纪事于石。该石刻后被毁，道光年复刻幸存于今。

　　1957年，夜话亭石刻被列为江西省第一批省级文物保护单位。

阳明圣地篇

阳明，是赣南文化最不朽的瑰宝。

赣州，是儒学大师王阳明"立德、立功、立言"建立三不朽伟业之地，也是阳明先生"知行合一"思想的形成地和成熟地。至今依然保存着和王阳明息息相关的太平桥、通天岩、濂溪书院、平茶寮碑、落星亭以及刊印于明朝正德年间的《传习录》等诸多宝贵历史文化遗存。这里有阳明题壁诗、阳明书院、阳明湖……亲临阳明圣地，感受知行合一历久弥新，阳明文化守正创新。

"青山随地佳""尘寰亦蓬岛"是阳明先生对赣南秀丽风景的绝佳赞美；"四季不凋青春色，人杰地灵出英豪"是阳明先生对赣南人杰地灵的高度肯定；"幼儿曹，听教诲。勤读书，要孝弟"是阳明先生在赣南破"心中贼"的躬行实践。阳明圣地的诗词，留下了阳明先生不朽的文化记忆，或慷慨放歌，或徜徉山水，或家国情怀，阳明诗词见证了阳明先生的伟大贡献。

依山傍水大赣南，诗情画意游赣南，让我们一起拥抱诗词中的阳明圣地——赣州，礼赞阳明诗词中的光辉伟业。

章贡区

通天岩 [1]

明·王阳明

青山随地佳，岂必故园 [2] 好。

但得此身闲，尘寰 [3] 亦蓬岛 [4]。

西林日初暮，明月来何早。

醉卧石床凉，洞云秋未扫。

注释

[1]通天岩：位于章贡区水西镇通天岩村狮形下，离城区12公里，因"石峰环列如屏，巅有一窍通天"而得名。

[2]故园：此处泛指故乡。

[3]尘寰：人世间。权德舆《送李城门罢官归嵩阳》诗："归去尘寰外，春山桂树丛。"陆游《新筑山亭戏作》诗："酒酣独卧林间石，未许尘寰识此翁。"

[4]蓬岛：即蓬莱山。

作者简介

王守仁（1472—1529），本名王云，字伯安，号阳明，自号"阳明子""阳明山人"，世称阳明先生，浙江余姚人。明代杰出的思想家、文学家、哲学家、军事家和教育家，创立"阳明心学"，是陆王心学的集大成者。明弘治己未（1499）进士，先后任刑、兵部主事。正德元年（1506），因疏救言官曾铣等忤权阉刘瑾，受廷杖，谪贵州龙场驿丞。瑾败，迁广陵知县，擢右佥都御史。从正德十一年（1516）始任南赣巡抚，到正德十六年（1521），王阳明先后平定了闽赣粤三省贼乱和宁王朱宸濠叛乱，并提出了"致良知"心学思想，教授了众多弟子，建立了"立德、立功、立言"三不朽伟业。嘉靖元年（1522）被封为"新建伯"兼南京兵部尚书。后忧归居越，嘉靖五年（1526）起督两广，讨田州叛，先后平定了广西八寨、断藤峡等地贼乱，嘉靖七年（1528）在返乡途中因病卒于南安府大庾小溪水马驿（现江西大余县新城镇）。隆庆元年（1567）追赠"新建侯"，谥"文成"。万历十二年（1584）从祀孔庙。他在赣州时的著述，由其门人辑成《王文成公全书》。

作 品 赏 析

　　《通天岩》一诗题刻于通天岩忘归岩的岩壁正面上，乃通天岩128品摩崖题刻之一，系通天岩众多摩崖石刻中的珍品。其摩崖题刻高110厘米，宽145厘米，共八行，行字不等，行书。字径约10厘米，保存完好，至今仍清晰可辨。其单字排列而不连缀，笔意清新，清劲挺拔，具有王体、欧体的风格；书风淡雅而又自然率真，点画含蕴，见其字真是如见其人、如感其学。

　　王阳明写作此诗，是在平定宁王朱宸濠叛乱、南赣流民起义、北上献俘之后，用阳明先生的话来说就是已经破了"山中贼"，但这还不够，王阳明一生的理想和他所提倡的理学最终目的，是要破人们的"心中贼"。王阳明说"破山中贼易，破心中贼难"；正因为有了"心中贼"，才会产生"山中贼"。此时奉旨返回江西，来到赣州于通天岩再度讲学，这首诗正如后记中提到的"八月八日，访邹、陈诸子于玉岩题壁。"——正德是明武宗年号，庚辰为正德十五年，即1520年，而"邹陈诸子"指的是王阳明在"观心岩"讲学时侍读的学生邹守益、陈九川等人。同时，此诗也是王阳明与弟子们游览通天岩、随处讲学的见证。它传达了诗人洒脱豁达、笑看云卷云舒的人生态度，表达了自己作为哲人的心性以及对这个世界丰富的联想，也是阳明先生理学思想"致良知""知行合一"的文学诠释。这是一首集理学思想融于诗体的代表作，在阐明理学主张的同时又有一丝趣味，在诗歌中融入"良知"哲学，真可谓是理趣盎然。

啾啾吟

明·王阳明

知者不惑仁不忧[1]，君胡戚戚[2]眉双愁？

信步[3]行来皆坦道，凭天判下非人谋。

用之则行舍即休，此身浩荡[4]浮虚舟[5]。

丈夫落落[6]掀天地，岂顾束缚[7]如穷囚[8]！

千金之珠弹鸟雀，掘土何烦用镯镂[9]？

君不见东家老翁防虎患，虎夜入室衔其头？

西家儿童不识虎，执竿驱虎如驱牛。

痴人憸噎遂废食，愚者畏溺先自投。

人生达命自洒落[10]，忧谗避毁徒啾啾[11]！

注释	[1]知者句：语出《论语·子罕》"知者不惑，仁者不忧，勇者不惧。"
	[2]戚戚：忧惧。
	[3]信步：漫无目标地任意行走。
	[4]浩荡：广博浩大的样子。
	[5]虚舟：空船。
	[6]落落：沦落、衰败的样子。
	[7]束缚：缠绕捆绑。
	[8]穷囚：困顿的囚徒。
	[9]镯镂：属镂，剑名，泛指宝剑。
	[10]洒落：神态自然大方，不受拘束的样子。
	[11]啾啾：形容虫鸣声。

作品赏析

正德十五年（1520）六月，王阳明先生自南昌返回赣州。在赣州，他检阅了士兵并传授了战术。江彬派遣密探前来监视王阳明的行动，实际上是在寻找机会以陷害他。王阳明的朋友们，深知内情者，纷纷劝说他自我反省，避免引起敌人的猜疑。然而，王阳明并未采纳他们的建议，而是创作了《啾啾吟》以训诫世人。

这首诗通过对比和寓言的手法，传达了王阳明对于人生哲理的深刻见解。他首先指出，智者不惑，仁者无忧，鼓励人们摆脱无谓的忧虑，以豁达的心态面对生活。接着，他强调顺应自然、随遇而安的生活态度，认为人生道路本就坦荡，不必过分强求。同时，他倡导大丈夫应有广阔的胸襟和敢于担当的精神，不应被世俗的束缚所困。诗中通过"千金之珠弹鸟雀"和"东家老翁防虎患"等寓言故事，讽刺了那些因小失大、过度担忧的人生态度。而"西家儿童不识虎，执竿驱虎如驱牛"则展现了无知者无畏的勇气和智慧，暗示人们应勇于面对挑战，不必过分恐惧未知。最后，王阳明以"人生达命自洒落，忧谗避毁徒啾啾"作为结语，强调了顺应天命、洒脱自在的人生态度的重要性。他认为，过度忧虑谗言和诋毁只会让人陷入无尽的烦恼之中，而真正的智者应当超脱于此，专注于自己的修行和事业。整首诗充满了哲理和启示，引人深思。

栖禅寺雨中与惟乾[1]同登

明·王阳明

绝顶[2]深泥冒雨扳，天于佳景亦多悭。

自怜久客频移棹，颇羡高僧独闭关。

江草远连云梦泽，楚云[3]长断九疑山[4]。

年来出处浑无定，惭愧沙鸥[5]尽日闲。

注释

[1]惟乾：即冀元亨（1482—1521），字惟乾，湖广承宣布政使司常德府武陵县（今湖南常德）人。正德十一年（1516），冀元亨乡试中举。其一直跟随从学王守仁。

[2]绝顶：山的最高峰。

[3]楚云：楚天之云。

[4]九疑山：山名。在湖南省蓝山县西南。因其九座山峰异岭而同势，行者见而疑惑，故称为九疑山。相传虞舜葬于此，故也称为苍梧。

[5]沙鸥：一种水鸟。常栖集于沙滩或沙洲上。

作品赏析

　　这首诗在《王文成公全书》中列入赴谪诗当中。此时王阳明被贬谪，要继续向南出发，弟子冀元亨前来送行。诗中描绘诗人与弟子冀元亨一同在雨中攀登栖禅寺的情景，表达了诗人对旅途漂泊的感慨以及对隐居生活的向往。

　　首联深泥与雨水交织，使得攀登之路异常艰难，仿佛上天也吝啬于展现美好的景色。随后诗人转而抒发个人情感，自怜自己长久以来漂泊不定，频繁地更换居所。与此相比，他颇为羡慕那些能够独守禅关、清静修行的高僧。随后诗人将视线投向远方，江草连绵，似乎与云梦泽相连；楚地的云雾则遮蔽了九疑山。这两句通过描绘壮阔的自然景象，进一步烘托出诗人内心的迷茫与无助。同时，也暗示了诗人对家乡的思念和无法触及的无奈。尾联诗人总结自己的近况，王阳明回想多年来四处奔波，居无定所，是出来赴贬谪地做官还是退处隐居研究圣学之道的矛盾处境。与此相比，那些沙鸥却能够整日悠闲自在地生活，王阳明感到很惭愧，自己终究下不了决心过归隐生活。整首诗语言简洁明快，诗意畅达，借景抒情，意境深远，富有哲理。

坐忘言岩问二三子

明·王阳明

几日岩栖^[1]事若何，莫将佳景复虚过^[2]。

未妨云壑^[3]淹留^[4]久，终是尘寰^[5]错误多。

涧道^[6]霜风^[7]疏草木，洞门烟月^[8]挂藤萝。

不知相继来游者，还有吾侪^[9]此意么？

注释

[1]岩栖：栖宿在山岩上。

[2]虚过：白白地度过。

[3]云壑：云气遮覆的山谷。

[4]淹留：久留、逗留。

[5]尘寰：人间罪恶太多，故佛家称人间为"尘寰"。

[6]涧道：山涧通道。

[7]霜风：刺骨寒风。

[8]烟月：云雾笼罩的朦胧月色。

[9]吾侪：我辈，我们。

作品赏析

这首诗是王阳明在游历通天岩忘归岩时，与同行友人交流心得之作，表达了他对自然美景的热爱、对尘世纷扰的超脱以及对未来访者的寄望。在这岩石间隐居的日子过得如何啊？切莫让这些美好的景致白白流逝，未曾被我们真正领略。不妨在这云雾缭绕的山谷中长久停留，毕竟人世间充满了太多的纷扰与错误。山谷间的小道上，秋霜带来的寒风让草木显得稀疏，而山洞的门口，月光轻烟缭绕，藤蔓萝蔓随风轻摆。不知道那些后来相继来此游览的人，是否还能有我们这样的心境和感悟呢？全诗语言优美，借景抒情，寓情于景，展现了诗人超脱尘世、追求心灵自由的情怀。

龙 南 市

回军九连山[1]道中短述说

明·王阳明

百里妖氛[2]一战清，万峰雷雨[3]洗回兵。

未能干羽[4]苗顽格，深愧壶浆[5]父老迎。

莫倚谋攻[6]为上策，还须内治[7]是先声[8]。

功微不愿封侯赏，但乞蠲输[9]绝横征[10]。

注释

[1]九连山：位于赣粤边界、南岭东部的核心部位，横贯数百里，主峰在广东北部连平县境内。

[2]妖氛：不祥的气氛。这里指盘踞在九连山的盗贼。

[3]雷雨：由堆积雨云所产生的地方性风暴，经常伴随着闪电及雷声，并常有强风、阵雨，偶尔亦夹带冰雹。历时甚短，通常不超过两小时。如台湾地区夏日午后常见的雷阵雨。

[4]干羽：古代舞者所执的舞具。文舞执羽，武舞执干。指文德教化。

[5]壶浆：用壶盛放饮料或酒。

[6]谋攻：谋划进攻之事。

[7]内治：修身，约束自己。

[8]先声：领先振扬自己的声势。

[9]蠲输：免除苛捐杂税。

[10]绝横征：断绝滥征税捐。

作 品 赏 析

在明正德十三年（1518）正月，王阳明率兵追击九连山的盗贼。经过数月的艰苦战斗，终于在三月初成功平定了九连山的盗贼势力。据诗题"回军九连山"可知，这首诗创作于1518年初春王阳明在平息九连山的盗匪之乱后，在返回途中所作。

　　这首诗作者以简练而富有张力的语言，表达了一幅战后得胜归途的喜悦之情，同时，诗人深入探讨了赣南地区动乱的社会根源，并对如何根本性地解决这些问题进行了深刻的思考。开篇诗人就以宏大的笔调，勾勒出初春时节得胜班师的胜利景象。随后表现了当地百姓对王阳明所率领的仁义之师清除祸害的感激之情，此时，看到父老乡亲箪食壶浆相迎接的场景，展现了诗人对家乡父老热烈欢迎的感激与愧疚并存的心情，意识到战争的代价最终由无辜的民众承担，这种复杂的情感令人动容。"莫倚谋攻为上策，还须内治是先声"此句是全诗的核心，也是王阳明对赣南发生社会动乱的深刻见解。诗人认为，过去朝廷仅依靠军事手段进行镇压，并不能从根本上解决社会问题。他主张应从心灵深处着手，解决善与恶的问题。具体而言，就是通过提高民众的道德觉悟，消除作恶的念头，这才是治理动乱上策之选。尾联表达了诗人淡泊名利、心系百姓社稷的高尚品格。在诗人眼中，作为朝廷官员，平定叛乱并取得胜利，并非仅仅为了个人的功名利禄。他呼吁废除那些不公正的税收和肆意的剥削，以便让人民能够享有和平与富足的生活。这不仅是对国家长治久安的贡献，也是确保国家稳定的重要措施。全诗以精练的语言、丰富的意象和深邃的思想，展现了诗人作为文人士大夫的责任感与使命感，体现了王阳明"破心中贼"理念之先导作用，反映出王阳明超然物外、豁达大度之思想境界，具有极高的艺术价值与历史意义。

景点链接

　　龙南太平桥：太平桥位于龙南县杨村镇车田村，始建于明朝正德年间，系南赣巡抚王守仁（阳明）为纪念平定"三浰"而建，以示天下太平，后被损毁。现桥于清朝嘉庆元年（1796）由赖氏宗亲选址重建。太平桥造型优美奇特，桥梁与房屋珠联璧合。桥体全长44.8米，桥面宽4米，通高约15.2米。下层三墩两孔，砖石结构，上游中间桥墩凸出，形如船头，削弱了水流对桥墩的冲击。上层桥中央为客家府第式砖木结构四通廊屋，两侧"五岳朝天"马头墙样式，开有廊拱，上层廊拱落于下层两桥拱圈之上呈"品"字形结构。太平桥融科学性、实用性、艺术性于一体，具有极高的美学价值和建筑研究价值，荣获第三次全国文物普查"百大新发现"称号，收录《世界桥梁大观》。

　　2013年3月5日，被国务院公布为第七批全国重点文物保护单位。

再至阳明别洞和邢太守韵（二首）

明·王阳明

其一

春山随处款归程，古洞幽虚[1]道意[2]生。

涧壑[3]风泉时远近，石门萝月[4]自分明。

林僧[5]住久炊遗火，野老[6]忘机罢席争。

习静[7]未缘成久坐，却惭尘土逐虚名[8]。

其二

山水平生是课程[9]，一淹尘土遂心生。

耦耕亦欲随沮溺[10]，七纵[11]何缘得孔明？

吾道羊肠[12]须蠖屈[13]，浮名蜗角[14]任龙争。

好山当面驰车过。莫漫寻山说避名[15]。

注释

[1]幽虚：指边远之地。

[2]道意：指道家无为的主旨。

[3]涧壑：溪涧山谷。

[4]萝月：藤萝间的明月。

[5]林僧：山林故寺中的僧人。

[6]野老：居住在田野的老人。

[7]习静：习养静寂的心性，也指幽静的生活。

[8]虚名：徒有其名，而无实权或作用。

[9]课程：为达教育目标所规划的一切教学科目或活动。

[10]沮溺：春秋时期长沮和桀溺两位隐士。《论语·微子》："长沮、桀溺耦而耕，孔子过之，使子路问津焉。"

注释

[11]七纵:谓七纵七擒,相传三国时诸葛亮出兵南方,曾七次生擒酋长孟
　　获,又七次释放,终于使孟获心悦诚服。后比喻善于运用策略,使对方
　　心服。
[12]羊肠:形容狭小而曲折的路。
[13]蠖屈:比喻人不得志的时候,屈身隐退。
[14]蜗角:比喻无谓之争。
[15]避名:隐姓埋名。

作品赏析

　　阳明先生来到玉石仙岩,见到景色绝奇,徘徊不忍离开,并把它称为"阳明别洞"。《再至阳明别洞和邢太守韵》二首诗并刻于玉石仙岩"阳明别洞"。

　　其一:这首诗是王阳明在重访阳明别洞时,与邢太守的诗歌相和而作。春日里,诗人悠然自得地踏上归途,每到一处春山都仿佛是在款待先生这归心似箭的旅人。那古老的洞穴深邃而幽静,让人不由自主地生出对道法自然的深刻体悟。山间溪涧与深谷中,风声、水声时远时近,交织成一首自然界的交响乐。石门之上,藤蔓缠绕,月光透过缝隙洒落,清晰可辨,营造出一种超脱尘世的宁静与美好。林中的僧侣因久居此地,生活简朴,连炊烟都显得那么遗世独立,仿佛与世隔绝。而那些乡野老人,忘却了世俗的机巧与争斗,席地而坐,无忧无虑,享受着大自然的恩赐。诗人虽然也向往这种静谧的生活,渴望能长时间地沉浸在这份宁静之中,但终究还是未能如愿。反而因为自己仍被尘世的琐事和虚名所累,心中不免感到惭愧。整首诗展现了王阳明对道家隐逸生活的向往和对自然美的热爱,表达了他对世俗名利的淡泊态度,以及对自身未能完全超脱的反思与自责。这种情感与哲思的交织,使得这首诗既具有画面感,又富含深意,引人深思。

　　其二:这首诗体现了王阳明作为一位儒家学者兼心学大师的高尚情操和深邃思想。诗人通过对自然山水的赞美,表达了对简朴、宁静生活的向往;同时也借古喻今,抒发了自己对于现实社会的感慨与无奈。诗中"耦耕亦欲随沮溺"一句,表现了诗人对古代隐士生活的羡慕与追求;而"七纵何缘得孔明"则透露出他对现实政治环境的失望与无奈。然而,王阳明并未因此沉沦或逃避,他以一种

超然物外的态度，看待人生的曲折与名利的纷争。诗人认为真正的智者应当像尺蠖一样，在困境中屈身前行，不断寻求突破；同时，他也告诫人们，不要为了名利而刻意去寻求隐居之地，因为真正的隐居是心灵的隐居，是内心的超脱与自由。这种思想境界，无疑是对中国传统文化中"大隐隐于朝，中隐隐于市，小隐隐于野"观念的深刻诠释与升华。

　　从这两首诗中不难发现阳明先生对平息叛乱的军事行动并不抱有浓厚兴趣，他更倾向于追求圣学、成就圣人之道，并向往自然山水的宁静。因此，阳明的军事策略与封建军阀为了镇压民众起义而发动的战争有着本质的不同。阳明在战争中运用的策略和计谋，其目的仅在于迅速平息动乱，稳定国家秩序，保护百姓免受战争的苦难。这段时期阳明先生所作诗主要反映了现实生活中的平乱情景，同时直抒胸臆，其抒情风格朴实无华、直接坦率，同时又不失刚健和俊逸，展现了较高的审美价值。

崇义县

茶寮[1]纪事

明·王阳明

万壑[2]风泉秋正哀[3]，四山云雾晚初开。

不因王事兼程[4]入，安得闲行向北来。

登陟[5]未妨安石[6]兴，纵擒徒羡孔明[7]才。

乞身[8]已拟全师日，归扫溪边旧钓台。

注释

[1]茶寮：在今江西省赣州市崇义县。

[2]万壑：形容连绵的高山涧谷。

[3]秋正哀：时在正德十二年深秋。

[4]兼程：不分昼夜，加倍速度地赶路。

[5]登陟：登上。

[6]安石：东晋名相谢安，字安石。

[7]孔明：三国时期蜀汉丞相诸葛亮，字孔明。

[8]乞身：旧时视任官为委身于国君，故称官员自请离职为"乞身"。

作 品 赏 析

　　正德十二年（1517）十月十二日，王阳明率领江西的官兵从南康发起进攻，于十五日攻克横水，十一月一日又攻陷桶冈。到了十一月二十九日，他们胜利班师回朝。在返回途中，当他们抵达距离桶冈村五里多远的小河西岸时，发现了一个深潭，其上方是险峻的悬崖绝壁，此地名为茶寮，王阳明在此石壁上刻下了平定茶寮的详细经过，这便是著名的《平茶寮碑》。此外，王阳明还创作了《茶寮纪事》诗。随后，王阳明向朝廷呈递奏章，并在此地设立了茶寮隘。现茶寮位于崇义县思顺乡齐云山村的桶冈自然村。

这首诗以清新脱俗的意境和深邃悠远的情感，勾勒出一幅远离尘嚣、寄情山水的隐士生活图景。开篇即以宏伟的笔触，描绘了深秋的壮丽景色。万壑之中，风穿林而过，带动泉水潺潺，其声似带哀愁，实则是对自然之美的深情颂扬；四周群山环抱，云雾缭绕，直至傍晚时分才逐渐散去，展露出一片清新脱俗的世界。"不因"这一句直抒胸臆，表达了诗人若非公务缠身，便能享受这份闲暇，漫步于这幽静的山谷之中。通过对比，诗人流露出对官场生涯的轻微厌倦，以及对山林隐逸生活的无限向往。诗人还借用了东晋名相谢安（字安石）的典故，表达了自己虽身处山林，但依然怀有治国安邦的志向，登高远望，心怀天下。同时，又以三国时期蜀汉丞相诸葛亮的才智自比，但言"徒羡"，实则透露出一种超然于世俗功名之外的淡泊。最终，诗人明确表达了自己归隐的愿望。他设想在功成身退之后，便回归山林，清扫溪边的旧钓台，过上与世无争的隐居生活。通过对自然景物的细腻描绘、心境转变的深刻剖析、历史典故的巧妙运用以及个人志向的坚定表达，诗人流露出归隐的渴望，表达了阳明先生志在山水之间，羡慕严子陵的钓台情怀。

景点链接

茶寮碑：明朝中叶，江西边远山区地方武装盘踞为患，数十年不得解决。朝廷启用王阳明巡抚南赣和江西。正德十二年（1517）十月，王阳明率军平定桶冈、横水，剿灭以谢志山（一作谢志珊）为首的地方武装。勒石记功，在桶冈险要之地茶寮（今江西赣州崇义县思顺乡齐云山村）巨石上留下《平茶寮碑》。《平茶寮碑》，当世称《茶寮碑》。《茶寮碑》位于江西省崇义县思顺乡巨石岩壁上，高8.4米，宽4米，碑体西侧有大楷石刻"纪功岩"三字。碑体东侧有王阳明草书诗文碑刻二则。均为王阳明真迹，并可见其书法功力非凡。

1997年，《平茶寮碑》获选江西省文物保护单位，是现今崇义县唯一的省级文物保护单位。

桶冈[1] 和邢太守[2] 韵（二首）

明·王阳明

其一

处处山田尽入畲[3]，可怜黎庶[4] 半无家。

兴师[5] 正为民瘼[6] 甚，陟险[7] 宁辞鸟道[8] 斜！

胜世真如瓴水建[9]，先声不碍岭云遮。

穷巢容有遭驱胁，尚恐兵锋[10] 或滥加。

其二

战乱兴师既有名，挥戈[11] 真已见风行。

岂云薄劣能驱策[12]？实仗皇威自震惊。

烂额[13] 尚惭为上客，徙薪[14] 尤觉费经营[15]。

主恩未报身多病，旋凯须还陇上[16] 耕。

注释

[1] 桶冈：位于今江西省崇义县。

[2] 邢太守：即赣州知府邢珣。刑珣（1462—1532），字子用，号三湖，当涂湖阳人，明代政治家，著名的清官。弘治六年进士，正德元年被授南京户部郎中，转任南京刑部郎中、赣州知府等。

[3] 入畲：畲，用刀耕火种的方法种田。入畲，进入畲田的耕作之中。

[4] 黎庶：百姓、民众。

[5] 兴师：出兵，带兵出征。

[6] 民瘼：百姓遭受的灾祸。

[7] 陟险：登高历险。

[8] 鸟道：只有飞鸟能经过的小路。比喻险绝的狭隘山道。

[9] 瓴水建：陶制水瓶。成语高屋建瓴，比喻居高临下，势不可挡。

注释	[10]兵锋：兵器的尖端和锐利的部分。亦指兵力、兵势。
	[11]挥戈：挥动兵器，比喻奋勇力拼，挽救危机。
	[12]驱策：差遣、鞭策。
	[13]烂额：比喻十分狼狈窘迫的情状。
	[14]徙薪：比喻深谋远虑。
	[15]经营：往来、周旋。
	[16]陇上：泛指今陕北、甘肃及其以西一带地方。

作 品 赏 析

刑珣曾随同王阳明成功平定了横水和桶冈两地的叛乱。王阳明采取的策略是先稳定横水，随后转向桶冈。在桶冈被平定之后，邢太守赋诗一首以示纪念，王阳明则以相同的韵律作了两首诗。

其一：首联描绘了桶冈地区的荒凉景象，山田都被开辟成了畲田，但百姓却大多没有自己的家。这里，"处处"和"半无家"形成了强烈的对比，突出了百姓生活的困苦。颔联表明了诗人兴师出征的目的正是为了解救百姓的困苦。他不怕艰难险阻，即使要攀登险峻的山路也毫不退缩。颈联诗人用典故来比喻自己的军事行动将会像瓴水建一样取得胜利，同时他的声威也将传遍四方，即使岭云遮挡也无法阻挡。尾联表达了对战争中可能无辜受害的百姓的关切。他担心在驱除贼寇的过程中，兵锋可能会滥加到无辜的百姓身上。这首诗不仅表达了他对百姓的深切关怀和对军事胜利的自信，更体现了他作为一位将领的仁爱之心和对战争的审慎态度。全诗语言凝练有力，情感真挚动人。

其二：这是一首充满深情与自省的诗作，既展现了他的军事才能，又表达了他对皇恩的感激以及对个人境遇的自我认识。开篇即点明战乱之际，诗人兴师出征是出于正义之名，而一旦挥动战戈，便如同风行草偃，势不可挡。而后诗人又自谦地表示，自己并非有什么超凡的才能，能够驱策军队取得胜利，实际上是依靠皇上的威严和恩泽，才使得敌人震惊。随后，诗人用"烂额"的典故自比，表示自己虽然为朝廷立下战功，但仍感到惭愧，因为自己并未做到最好。而"徙薪"则比喻预防灾祸，诗人认为在处理战事和政务时，需要费尽心思去经营和筹划。尾联诗人在此表达了对皇恩未报的愧疚之情，同时感叹自己身患多病，无法继续为朝廷效力。他表示，一旦战事结束，就将回到陇上去耕田种地，过一种平淡的生活。"旋凯须还"表达了他对归隐生活的向往。全诗语言凝练、情感真挚、意蕴深厚。

景点链接

崇义博物馆·阳明展览馆：明正德十二年（1517），著名思想家、哲学家、军事家和教育家王阳明在南赣平定匪乱，参透"破山中贼易、破心中贼难"，展治世安民经略，奏请设立崇义县，开启了崇义的县治教化。

2017年，在王阳明奏设崇义五百周年之际，为大力弘扬阳明文化、打造阳明文化品牌，崇义县兴建了王阳明展览馆，展馆面积达4000平方米，分4个篇章，16个单元，是全国最大、江西省唯一的以王阳明为主题的展馆。展馆以"知行合一、良知永恒"为主线，以时间顺序展开讲述了王阳明一生的主要事件，重点突出王阳明巡抚南赣的史实。展馆借助极其丰富的文字资料、原籍图片、复原场景、文物陈列等形式，结合声光电、多媒体等现代手段，全方位、多角度、深层次展现了王阳明辉煌的一生及光辉的心学思想，让人们在丰富的文化元素及艺术创作中领悟阳明心学的魅力。"自然与非遗"展厅通过动植物化石、标本，场景与多媒体等形式，展示崇义复杂的地质结构，形态多样的地貌，丰富的自然资源和地下宝藏，展示崇义生物的多样性，人与自然和谐共生。展品以古生物化石、奇石、矿物标本、动植物标本及崇义省级非遗项目为主，有笔石化石、石燕化石、崇义赣南鱼化石、恐龙蛋化石、钨矿、锡矿、辉锑矿、萤石、方解石晶体等。展览主题鲜明、内容丰富、形式多样，充分满足了广大观众对自然与非遗的普及需求，对观众了解自然科学、人文科学知识起到了积极的促进作用，极大地丰富了广大观众的精神文化生活。

全 南 县

天龙山

明·王阳明

天龙山峰插云霄，桃江曲折^[1]环山绕。
四季不凋^[2]青春色，人杰地灵^[3]出英豪。

注释

[1]曲折：弯曲。
[2]不凋：不枯萎，不凋谢。
[3]人杰地灵：杰出的人出生或到过的地方，就会成为名胜地区。唐王勃《滕王阁序》："人杰地灵，徐孺下陈蕃之榻。"

作 品 赏 析

天龙山，位于全南县城东，因山峦昂首酷似巨龙腾飞而得名。

这是一首描绘天龙山的自然景色与人文精神的佳作。首句以夸张的手法描绘了天龙山的高耸入云，山峰仿佛直插天际，给人以雄伟壮观之感。随后则转而描绘山脚下的桃江。江水曲折蜿蜒，环绕着天龙山流淌，为这幅山水画卷增添了几分柔美与灵动。通过"曲折"与"环山绕"的描绘，生动地表现了桃江的婉转多姿，与天龙山的雄伟形成了鲜明的对比与互补。这里的"四季不凋"寓意着天龙山四季常青，始终保持着青春的活力与色彩。这句诗进一步赞美了天龙山的自然美景。末句则将笔触转向了人文精神。诗人赞美天龙山不仅自然风光秀美，更是一个孕育英才的灵秀之地。这句诗寓含了诗人对天龙山地区人民的赞美与期许，希望这里能够继续涌现出更多的杰出人物。这首诗展现了诗人对这片土地的深厚情感与崇高敬意。全诗语言凝练、意境深远。

景点链接

　　雅溪围屋：位于江西省赣州市全南县龙源坝镇雅溪村，是赣南客家围屋的代表者之一，包括雅溪石围和雅溪土围，总占地面积为1010平方米。雅溪土围名曰"福星围"，由雅溪村雅风村小组陈受硕、陈受颖等叔侄四人于清咸丰六年（1856）始建，清咸丰八年（1858）建成。雅溪围屋选址山间盆地，依山傍水。房屋整体坐北朝南，墙体用黏土夯结而成，全围长29.80米，宽20.20米，围高10.40米，占地600平方米。土围呈长方形"口"字，由土坯砖砌而成，高三层，每层17间房，二、三层有贯通走廊。围屋有炮角四个，沿着围屋的中轴线自南向北依次为门坪、楼门、门厅、环廊、天井、环廊、厅堂，天井比例瘦高，二层以上均有内环廊，设计紧凑。大门有两层，上有灌水装置，以防外敌火攻。

　　2006年，雅溪围屋群被江西省人民政府审批为第五批省级文物保护单位。

　　2012年11月，雅溪围屋与赣南的"二群四围"（三群：全南雅溪围屋群、龙南关西围屋群、安远的东升围屋群；四围：龙南的燕翼围和渔仔潭围、定南的虎形围和明远第围）捆绑申报列为中国世界文化遗产预备名单。

雅溪围屋

　　全南天龙山：坐落于全南县城东面8公里与龙南县交界处，景区距离大广高速全南出口不到1公里，距白云机场仅需2.5小时，是粤港澳大湾区进入江西的门户景区。王阳明、蒋经国等名人曾登上天龙山，并留下诗文佳句。天龙山，因山峦昂首酷似巨龙腾飞而得名。

天龙山主峰海拔441米，集黄山之奇、华山之险、桂林之秀于一身，具有"一险、二奇、三秀"的特点。"一险"是指天龙山三面悬崖峭壁，唯西南面一条羊肠小道通峰巅，据有天险。"二奇"是指峡谷奇秀和石洞奇特，天龙山山下峡谷幽深奇秀，溪流弯弯，洞深谷奇，天光一线。造就一线天、蝴蝶谷等自然景观；天龙山奇特的岩石，导致石洞横生，有卧龙岩、金龟岩、豆腐岩等自然景观。"三秀"是指山体俊秀、流水秀美、四季秀丽。昂首挺拔的天龙山主峰和秀美柔情的阿婆髻山峰，绝壁凌空高插云霄，巍然屹立。天龙山景区总规划面积3平方公里，分为全南驿站、文化休闲、禅修康养、客家田园和营地度假五大板块组成。

2020年6月，全南县天龙山景区正式入选国家4A级旅游景区。

会昌县

祈雨（二首）

明·王阳明

其一

旬初一雨遍汀漳，将谓汀虔是接疆。

天意岂知分彼此，人情端合[1]有炎凉[2]。

月行今已虚缠毕，斗杓[3]何曾解挹浆。

夜起中庭成久立，正思民瘼[4]欲沾裳[5]。

其二

见说虔南[6]惟苦雨[7]，深山毒雾长阴阴[8]。

我来偏遇一春旱，谁解挽回三日霖？

寇盗郴阳[9]方出掠，干戈[10]塞北还相寻[11]。

忧民无计泪空堕[12]，谢病[13]几时归海浔[14]？

注释

[1]端合：应当、应该。

[2]炎凉：比喻人情的冷暖。

[3]斗杓（biāo）：北斗七星中，第五至第七颗星的合称，形如酒斗之柄，是古人用以确定时间和季节的依据。

[4]民瘼：人民的疾苦。

[5]沾裳（cháng）：形容泪如雨下。

[6]虔南：今龙南市。

[7]苦雨：久旱成灾的雨。

[8]阴阴：光线阴暗。

[9]郴阳：指湖南郴州市。

[10]干戈：泛指武器，比喻兵事、战乱。

[11]相寻：相继，连续不断。

[12]空堕：佛教语，谓偏执"空"义，不能融通。

[13]谢病：以生病为借口，拒见宾客，或拒绝做官。

[14]海浔：海水深远处。

作 品 赏 析

诗以"祈雨"为题，实则借自然之旱象映射社会之困境，表达了诗人对民生艰难、战乱频仍的深刻忧虑和无奈之情。

其一：首联通过对比，表达了作者原本以为相邻地区都能得到雨露滋润的期望，却发现自然之力并不因地域相近而均等施予，暗含了对天命无常的感慨。颔联直接点出了人与自然之间的差异：自然是无情，而人间却充满了冷暖炎凉。这既是对自然现象的理性认识，也是对社会现实的深刻洞察。颈联运用天文现象（月行与斗柄的转动）来比喻自然规律难以直接干预，进一步强调了祈雨的无力感与对自然力量的敬畏。尾联则是诗人情感的高潮，通过描绘自己深夜难眠、在庭院中长久站立的形象，表达了他对民生疾苦的深切忧虑与同情，以及想要分担百姓苦难的迫切心情。这种情感的真挚与深沉，使得整首诗不仅仅是对祈雨的记录，更成为一曲对民生关怀的赞歌。

其二：首联以虔南"苦雨"与自己所遇"春旱"的鲜明对比，既揭示了地域间气候的迥异，又巧妙蕴含了时运不济、世事难料的深切感慨。颔联直抒胸臆，强烈表达了诗人对甘霖的殷切期盼，以及对何人能解救旱魃肆虐、带来滋润雨露的深切渴望，这份期盼背后，实则是对农业丰收的迫切希望与对百姓生计的深切关怀。颈联则巧妙地将笔触由自然之旱引至人间苦难，描绘了盗寇横行、战祸连绵的残酷景象，进一步加深了全诗的忧患色彩。这两句不仅真实反映了当时社会的动荡与不安，更彰显了诗人作为官员，对于维护社会安宁、守护百姓福祉的坚定责任感与使命感。尾联则是诗人情感的直接宣泄，面对重重困境，他深感无力回天，唯有以泪洗面，抒发了对百姓深沉的同情与对自己无能为力的无奈之情。同时，"谢病几时归海浔"一句，更流露出诗人渴望逃离尘世纷扰，回归自然怀抱，寻求心灵宁静与解脱的深切愿望。整首诗情感真挚，意境深远。

景点链接

会昌翠竹祠：又名"赖公祠"，祠庙于明朝成化十九年（1483）农历七月初六竣工，梁潜亲自题写匾额"赖公祠"，并指定祠庙落成这天为赖公纪念日，祠庙菩萨可出街游行。后因祠庙周边翠竹郁郁葱葱，遂改名 "翠竹祠"。明朝正德（1491—1521）年间，南赣巡抚王守仁在此祈雨应验，翠竹祠从此名声大振。清代同治三年（1864），会昌知县奏准皇上敕封翠竹祠祀奉的赖公为"显应赖公侯王"封号。翌年，翠竹祠大规模扩展修缮，正殿为三栋雄伟建筑，前殿悬挂同治皇帝圣旨"敕封显应赖公侯王"红色直匾，后殿为神龛，上方高悬巡抚王守仁题写的"功泽弘庇"鎏金横匾 。翠竹祠历来举办赖公庙会（全称：赖公侯王显应公庙会），俗称"菩萨出街"，赖公庙会是会昌县历史最悠久、影响最大、参与人数众多且传承500多年长盛不衰的民俗文化活动。

2013年8月，赖公庙会被正式列入《江西省省级非物质文化遗产名录》。

喜雨（三首）

明·王阳明

其一

即看一雨洗兵戈，便觉光风转石萝。

顺水飞樯来买舶，绝江喧浪舞渔蓑。

片云东望怀梁国，五月南征想伏波[1]。

长拟归耕[2]犹未得，云门初伴渐无多。

其二

辕门[3]春尽犹多事，竹院空闲未得过。

特放小舟乘急浪，始闻幽碧[4]出层萝。

山田旱久兼逢雨，野老欢腾且纵歌。

莫谓可塘终据险[5]，地形原不胜人和。

其三

吹角峰头晓散军，横空万骑下氤氲[6]。

前旌[7]已带洗兵雨，飞鸟犹惊卷阵云[8]。

南亩渐忻农事动，东山休共凯歌闻。

正思锋镝[9]堪挥泪，一战功成未足云。

> | 注释 | [1]伏波：指汉代伏波将军马援。 |
> | | [2]归耕：指回家种田，意指去官从农。 |
> | | [3]辕门：古代君王出巡，驻驾于险阻之地，以车作为屏障，翻仰两车，使两车之辕相向交接成一半圆形的门，称为"辕门"。见《周礼·天官·掌舍》。后指将帅的营门或衙署的外门。 |
> | | [4]幽碧：深绿色。 |
> | | [5]据险：凭险而守，凭借险要。 |
> | | [6]氤氲：烟云弥漫的样子。 |
> | | [7]前旌：借指前军、前线。 |
> | | [8]阵云：比喻战场上如云般瞬息万变，致造成人们心理压力的气氛。 |
> | | [9]锋镝：刀刃和箭镞，用为兵器的通称。 |

作品赏析

第一首借自然之雨抒发了诗人对和平的渴望以及对时局的深切关怀。首联用形象化的语言描绘了雨水似乎能洗净战争的痕迹，带来和平的希望，又描绘了雨后清新的自然风光，预示着和平生活的美好。颔联通过船只顺流而下、渔人披蓑舞浪的景象，展现了雨后江面的生机勃勃与繁忙，也暗含了经济活动的恢复与繁荣。颈联诗人眺望东方，怀念古代的英雄与盛世；提及"五月南征想伏波"，则是对古代将领伏波将军的追思，同时也透露出对当前时局的忧虑与期待。尾联表达了诗人虽有归隐田园之志，但因时局未稳，难以如愿的无奈与感慨。

第二首进一步描绘了雨后乡村的喜悦景象，以及诗人对民众疾苦的关心。开篇即言战事未息，自己虽向往竹林中的宁静生活，却因职责所在，无法享受那份清闲。颔联写诗人特意乘舟出游，于急浪中寻觅一丝宁静，终在层层藤蔓间发现了那抹幽绿，象征着希望与生机。颈联直接点题"喜雨"，描绘了久旱逢甘霖后，农民们欢呼雀跃、纵情歌唱的欢乐场景。最后诗人借此表达了对人定胜天的信念，认为无论地理环境多么险恶，只要人心所向，就能克服困难，取得胜利。

第三首从军事角度切入，展现了雨后军队的整肃与对和平的期待。开篇描写了在清晨的号角声中，军队在山峰上解散，万骑在云雾缭绕中行进的景象，既展现了军队的雄壮气势，也预示着战争的结束。前军的旗帜上还带着洗兵之雨的痕迹，飞鸟也因阵云的翻滚而受惊，进一步渲染了战争结束后的宁静与祥和。随着战争的结束，农民们开始欣喜地忙碌于田间地头，而诗人则希望不要再听到凯旋的歌声，暗含了对和平生活的向往。最后诗人反思战争的残酷，即使一战功成，也不足以令人满足，表达了对和平的深切渴望以及对战争代价的沉痛思考。

《喜雨》三首赞歌春雨盎然生机与欢欣，描绘地方自然与人文之美，抒发作者忧国忧民、征战沙场、功成归隐的深厚情感。

大余县

过峰山城^[1]

明·王阳明

犹记当年筑此城，广瑶湖寇^[2]正纵横^[3]。

人今乐业皆安堵^[4]，我亦经过一驻兵。

香火沿门惭老稚，壶浆^[5]远道及从行。

峰山挈手^[6]疲劳甚，且放归农^[7]莫送迎^[8]。

注释

[1]峰山城：《南安府志》记载："峰山城，在小溪北十五里，峰山里民素善弩。明正德十一年（应为十二年），都御史王守仁，义选为弩手，从征徭寇。事宁，民恐报复，想恳筑城。"

[2]广瑶湖寇：广东、湖广、江西的寇贼。

[3]纵横：放肆、恣肆。

[4]安堵：安定。

[5]壶浆：用壶盛放饮料或酒。

[6]挈手：做事有把握，擅长做某事。形容某人或某事物在特定领域内具有较高的技能或能力。

[7]归农：辞退官职返乡务农。

[8]送迎：送往迎来。

作品赏析

南安府（今大余县）的新溪驿旁边就是峰山城。大余县自县城至新城，沿着章江两岸共建有九座城池。除了位于府城的庾将军城、老城和水南城这三座之外，其余六座分别是峰山城、新田城、凤凰城、杨梅城、小溪城和九所里城。这六座山城均始建于明朝正德至嘉靖年间，其中最早兴建的是由王阳明所建的"峰山城"。

这首诗又题为《过新溪驿》。明正德十二年（1517），王阳明以都察院左金都御史的身份巡抚南赣，负责剿灭"匪患"。在南安（今大庾）峰山地区，他挑选村民训练成弩手，以平息谢志山、陈曰能的叛乱。叛乱平定后，民众担心遭到报复，请求筑城以自卫。王阳明对此表示赞同并给予支持，因此乡村自筹资金筑城，而官府则负责修建城门。峰山城的城墙巍峨壮观，东、西、北三面筑有城墙，南面则临章江，设有城门和城楼，其面积大约为50万平方米，相当于750亩土地。明嘉靖六年（1527）十月，56岁的王阳明前往广西平定思恩、田州的叛乱，在途经南安府城时，目睹当地百姓安居乐业，心生感慨，遂作此诗。

这首诗描绘了百姓安居乐业和老幼箪食壶浆相迎的盛景。首联诗人回忆起当年为了抵御广瑶湖的寇贼而修筑这座城池的情景。颔联诗人观察到如今的人们已经安居乐业，生活稳定。而他此次经过，也只是暂时驻扎军队，不再是为了抵御外敌。颈联描述了自己受到当地居民的热烈欢迎。他们拿着壶，拿着酒水，迎接官兵，而且还跟着我们参加征讨盗贼。尾联以关怀的语气结束全诗，诗人写道士兵们因为长时间的行军和战斗已非常疲劳，因此诗人希望平定盗贼后，请父老乡亲们回去休息，不必再出来迎送。这种对士兵的体贴和关怀，体现了王阳明作为一位将领的人文关怀和仁爱之心。这首诗不仅记录了诗人对历史的回忆和对现实的观察，更体现了他对人民的深厚情感和作为将领的仁爱之心。全诗语言质朴自然，情感真挚动人，是一首充满人文关怀和历史深度的佳作。

景点链接

丫山：丫山位于江西省大余县城东10公里处，占地面积3万余亩，因最高峰双秀峰呈"丫"形而得名，地处北纬25度世界公认的黄金生态带，森林覆盖率高达92.6%，空气、水、土壤环境质量均达到国家一级标准。大余丫山历史悠远，古时即以宗教活动和游览胜地闻名遐迩，南唐始建的江南名刹灵岩古寺坐落山中，真君降龙的道家典故盛传民间，历史文化名人、官府政要的活动踪迹遍布丫山，千年灵岩古寺香火鼎盛，"灵感三千界，岩藏五百僧"是它的真实写照；许真君在此修行悟道，斩蛟擒妖，"真君洞"与"布道台"历经风霜乃深藏山中，蕴含了翔实的道教文化；张九龄、苏东坡、周敦颐、程颢、程颐、张九成、朱熹、王明阳等名人大家都在此流连忘返，创出佳作，镌于此山。

丫山生态景区秉承打造"江南最宜健身养心生态休闲旅游景区"的理念，营造"自然休闲、生态运动、绿色美食、书画创作、三教养心"五个主题。竹林、香樟、茶园、小桥、流水让您漫步乡间山野；对抗、攀岩、射击、对弈、垂钓让人尽情发挥、超越自我；绿色蔬菜、山泉养殖、氧吧餐厅、农家饭馆、竹林烧烤让您一品生态美食，如尝仙境珍肴；书画创作、摄影基地、科普体验、艺术长廊、客家文化让您灵感迸发，一挥而就；追寻古人踪迹，感悟千年文化，佛、道、儒三教氛围让您彻底摆脱尘风世雨，达到天人合一的意境。

丫山生态景区是国家4A级旅游景区、江西首个5A级乡村旅游点、中国运动休闲特色小镇。

落星亭：位于大余县青龙镇，原为王阳明去世处，由日本著名阳明学家冈田武彦先生牵头筹建，于1994年5月修建完毕。明代嘉靖七年（1528）十一月，王阳明从广西出发欲回浙江故里，到达江西大余县青龙铺后，在船上咳血不止，随从只好安顿歇息，待第二日再启程。11月29日辰时，王阳明自知人生大限已到，对在船舱内的周积等人招手致意，并坦然笑道："吾去矣！""此心光明，亦复何言！"说完，便安详地闭上了眼睛，含笑而逝。落星亭为四角亭，结构简朴，琉璃瓦葫芦宝顶，四角飞檐翘角。亭内竖一座大理石碑，碑高2.14米，宽1.4米，正面阴刻着"王阳明先生落星处"几个大字。

上犹县

龙潭夜坐

明·王阳明

何处花香入夜清？石林茅屋隔溪声。

幽人^[1]月出每孤往^[2]，栖鸟山空时一鸣。

草露^[3]不辞芒屦^[4]湿，松风偏与葛衣轻。

临流欲写猗兰^[5]意，江北江南无限情。

注释

[1]幽人：幽隐山林的人、隐士。此为诗人自称。

[2]孤往：独自前往，指归隐。

[3]草露：草上的露水，比喻恩泽。

[4]芒屦：芒鞋，用麻、葛等制成的一种鞋。

[5]猗兰：中国古琴名曲《猗兰操》的略称，相传为孔子所作。此处比喻情操高洁之士。

作品赏析

此诗开篇以设问起笔，引人遐想，花香何来源？夜之清幽，因花香而更显，却又似乎带着几分神秘与不可捉摸。接着，一"隔"字，不仅描绘了诗人所处环境的清幽与隔绝尘嚣，也隐约透露出一种超脱世俗、追求心灵宁静的生活态度。石林、茅屋、溪流，这些自然元素交织在一起，构成了一幅静谧而又不失生机的画面。又转而聚焦于"幽人"，即诗人自己，在月光皎洁之时，独自前往龙潭，这份孤独并非寂寞，而是对内心世界的一次深刻探索。而"栖鸟山空时一鸣"，则以动衬静，鸟鸣于空旷的山林间，更显得夜的寂静与深邃，也寓意着生命的活力与自然界的和谐共生。草上的露水打湿了脚下的草鞋，松林间吹来的风，似乎特别偏爱他的葛衣，带来一丝丝凉意与惬意。诗人享受着这份与自然的亲密接触以及对这种生活的热爱与向往。尾联是诗人情感的升华与寄托。面对潺潺流水，诗人欲借此抒发自己如猗兰般高洁不屈、遗世独立的情怀，将个人的情感扩展到更广阔的空间，既包含了对家乡、对故土的深切思念，也寄托了对国家、对人民的无限关切与深情厚谊。这首诗风格飘逸、意境高远，通过动态的描绘来平衡静态的场景，实现了情景的完美融合，浑然天成。它被清代诗人沈德潜选入《明诗别裁集》，展现了其艺术上的影响力。

景点链接

天沐阳明温泉度假小镇：以天然温泉古井为特色、阳明文化为主题。依托阳明湖景区富集的山水资源、民宿产业，上犹县将山水文化和阳明文化深度融合，建设了陡水特色旅游休闲度假区、月亮湾度假旅游区、西龙氧吧度假区、众和养生谷等一批康养项目，打造以养生为主、医疗为辅、医养结合的康养生态休闲度假区。这是江西首个以阳明文化为主题的温泉度假小镇。

龙潭水库：龙潭水电站位于内上犹江支流营前水上，拦河大坝为混凝土双曲拱坝，混凝土工程量11万立方米，是江西省已建水库中最高的一座双曲拱坝。

阳明湖

于都县

还赣[1]

明·王阳明

积雨[2]雩都道[3]，山途喜乍晴。

溪流迟渡马，冈树隐前旌[4]。

野屋多移灶[5]，穷苗[6]尚阻兵[7]。

迎趋勤父老[8]，无补[9]愧巡行[10]。

注释

[1]赣：江西省别称，这里指南赣巡抚驻地赣州城。

[2]积雨：久雨。

[3]雩都道：位于江西省赣州市内，因北有雩山，取名雩都。西汉高祖六年（公元前201）建县。1957年，改称"于都"。

[4]前旌：借指前军、前线。

[5]移灶：借指村民因盗贼而逃难他处。

[6]穷苗：指贫困不堪的当地少数民族百姓。

[7]阻兵：仗恃军队。

[8]父老：对老百姓的尊称。

[9]无补：无所助意。

[10]巡行：往来视察，这里指出征剿匪。

作品赏析

这首诗是王阳明率军返回赣州途中，经过于都时所作。开篇描绘了诗人王阳明在成功平定福建漳州南部盗贼后，胜利归来，途经于都的场景。这是诗人自受命担任南赣巡抚以来所赢得的首次胜利。

这首诗细腻地描绘了一幅雨后初晴、山道蜿蜒、民生疾苦交织的复杂画面，字里行间透露出诗人深切的关怀与无奈之情。开篇勾勒出一幅连日阴雨、道路泥泞的景象，雨后的天空终于放晴，阳光穿透云层，洒在山间小道上，不仅照亮了前行的道路，也点亮了诗人心中的希望。一个"喜"字，简洁而生动地表达了诗人对天气转好的喜悦之情，同时也为全诗定下了一个情感基调。通过细腻的景物描写，展现了雨后山间的清新与宁静。溪水因雨水充盈而流速变缓，仿佛也在享受这份宁静，连马儿渡河都显得从容不迫。远处的山冈上，树木郁郁葱葱，隐约间可见前方旗帜随风轻扬，既是对自然美景的赞美，也暗示了诗人的行进方向。然而，这宁静美好的背后，却隐藏着更深层次的忧虑，诗人笔锋一转，将视线转向了民生疾苦。由于战乱或自然灾害，许多百姓不得不背井离乡，野外的简陋小屋成了他们的临时居所，甚至需要频繁移动灶台以躲避战火。而那些生活在偏远地区的百姓，依然受到战争的威胁，生活困苦不堪，这些内容深刻揭示了战乱给普通百姓带来的深重灾难，让人不禁为之动容。最后，诗人描绘了这样一个场景：尽管时局艰难，当地的父老乡亲依然热情地迎接他的到来，这份淳朴与热情让诗人深受感动。诗人作为南赣巡抚，并未因首战告捷而失去理智，反而深思熟虑如何让流亡的民众迅速回归故土，过上安定而幸福的生活。这充分展现了诗人清廉执政、心系百姓的高尚情操。全诗深度刻画了诗人关注民生的儒将形象。整首诗情景交融，意境深远，语言清新自然，读来令人感慨万千。

景点链接

阳明书院：原名濂溪书院，位于明代"阳明书院"旧址，今江西赣州郁孤台下，占地2300平方米，有效房间面积1580平方米，是典型的三进式客家民居。学院内设仰德堂、良知堂、知行堂、传习堂、望德亭、"三纲八目"茶社、思归轩、阳明精舍（书院）、阳明手迹碑林、格竹园、阳明别苑等。如今，阳明书院是一座研究、挖掘、传扬王阳明心学的专业书院，集藏书售书、学术研讨、国学传授、阳明生平介绍、古琴教育、古玩鉴赏、书画作品和文房用品展示推介等为一体的综合性旅游点，书院内关于王阳明的各类藏书已达5000余册，且已被列入赣州市郁孤台历史文化街区旅游景点。

　　赣州一中阳明院：坐落在赣州一中的西侧，是一座建于民国时期的教学楼。据赣州一中的校史档案，阳明院的建设始于民国二十二年（1933），并于民国二十三年（1934）竣工。这座位于校园西侧的阳明院，是一座两层的砖木结构四合院，拥有一个内院天井，院内四角各有一坛棕竹，中央矗立着一棵柏树。院门两侧曾建有风火墙，呈内凹的微八字形，两侧各有一根罗马柱支撑。二楼设有小阳台，整个建筑显得古朴而典雅。阳明院的院门旁，几棵百年榕树的苍劲枝干撑起巨大的树荫，为这座建筑披上了一层青灰色的外衣。当时担任江西省立第三中学（赣州一中的前身）的校长周蔚生，为了纪念先贤，推广阳明文化，并发挥中华优秀传统文化的引领作用，倡导师生实践"知行合一"的理念，通过传统文化激发学习热情，便以"阳明"命名，并亲自题写了匾额。抗日战争期间，阳明院曾遭日军轰炸，原周蔚生题匾额被毁，西北角也坍塌被毁，后被修复。几十年的风雨洗礼，整座阳明院年久失修，二楼楼面部分木结构有白蚁蛀蚀，西北角墙体出现裂缝和向外倾斜状况。20世纪70年代初，学校筹集资金，将二楼楼板、楼梯及护栏改筑为砖混结构，二楼墙体以上进行了较大规模的整修，门面也予以了改造。80年代中期二楼楼面底部又进行了横梁加固。原副校长刘邦琅再书阳明院匾额于上。如今，阳明院已是赣州一中校史馆，成为新生入学后观摩学习的第一课堂，也是了解赣州教育历史的重要窗口。

南康区

示宪儿

明·王阳明

幼儿曹[1]，听教诲。勤读书，要孝弟[2]。

学谦恭，循礼义。节饮食，戒游戏[3]。

毋说谎，毋贪利。毋任情，毋斗气。

毋责人，但自治[4]。能下人[5]，是有志。

能容人，是大器[6]。凡做人，在心地。

心地好，是良士。心地恶，是凶类。

譬树果[7]，心是蒂。蒂若坏，果必坠。

吾教汝，全在是。汝谛听[8]，勿轻弃！

注释

[1]儿曹：儿辈。尊长称呼后辈的用词。

[2]孝弟：孝顺父母，友爱兄弟。语出《论语·学而》："其为人也孝弟，而好犯上者鲜矣。"也作"孝悌"。

[3]游戏：游乐嬉戏，玩耍。

[4]自治：自己处理自己的事务，含有能约束自己行为之意。

[5]下人：谦卑待人。

[6]大器：大才能。

[7]树果：树木的果实，也比喻易殒灭之物。

[8]谛听：仔细地听。

作 品 赏 析

这首《示宪儿》是王阳明写给儿子正宪的家训。王阳明四十四岁时，还没有儿子，其妻子诸氏不能生产了，阳明父亲龙山公做主，过继了王阳明堂弟守信的儿子正宪给他，正宪当时已八岁。王阳明写这篇《示宪儿》时，正宪也就十岁左右，这则家训为的是教育年幼的正宪，用词相对浅显明了，从中我们可以看到作为教育家的阳明在启蒙教育上的侧重点。同时，这篇家训也高度概括了王阳明给各种亲戚的家书中不断重复强调的种种品德、学养、为人做事等方面的观点。《示宪儿》也被称为王阳明家规"三字经"的经典之作，整篇家书为歌谣体式，三字一句，共32句，一韵到底，朗朗上口。其释文如下：

孩子们，你们要认真听我的教诲。要勤奋读书，懂得孝顺父母，尊敬兄长。学习谦虚恭敬的态度，遵循礼仪和道义。在饮食上要有节制，不要沉迷于玩耍和游戏。不要说谎话，不要贪图小利。不要放纵自己的情感，也不要轻易与人斗气。不要责备他人，而要自我反省和提升。能够谦让于人，这是有志气的表现。能够宽容待人，这是成为大器的关键。做人最重要的是内心，内心善良的人，是真正的良士；而内心邪恶的人，则是凶恶之辈。这就像树上的果实和它的蒂一样，如果蒂坏了，果实必然会坠落。我今天对你们的教导，全都在这里了。你们要仔细聆听，不要轻易忽视和抛弃这些教诲！

景点链接

南康谭邦城：位于江西省赣州市南康区坪市乡谭邦村，是一座明朝皇帝朱厚照赏赐建造的古城，谭邦城始建于明正德十三年（1518），距今已有500余年历史。谭邦村坐落在莲花山下，因构造上参照了明代赣州城，又被称为"微缩版赣州城"。这座古城，在赣南也被称为"明代最后的村落"。

2014年，谭邦村成功申报为江西省第五批历史文化名村。

2015年，成功申报为第三批全国特色景观旅游名镇（村）。

附　录

"跟着诗词游赣州"旅游线路

"红色之旅"五日游

第一天：晚上到于都观看大型文旅史诗《长征第一渡》

第二天：毛泽东旧居（于都何屋）→于都中央红军长征出发纪念碑、长征渡口、纪念馆

第三天：会昌独好园、会昌寻安中心县委旧址→粤赣省委旧址→会昌山→晚上到瑞金观看《浴血瑞京》

第四天：瑞金大柏地、叶坪、二苏大、红井→云石山（外地游客可去方特东方欲晓主题公园）

第五天：宁都青塘会议旧址、毛泽东旧居→宁都少共国际师旧址→宁都起义旧址→宁都中央苏区反"围剿"战争纪念馆

"客家之旅"四日游

第一天：赣县客家文化城→于都罗田岩

第二天：南康家具小镇九井十八厅→大余梅岭

第三天：石城粤闽通衢、通天寨→安远三百山、脐橙园

第四天：龙南关西围屋→小武当山→世客会主场（世贸会）

"宋城之旅"三日游

第一天：夜游江南宋城 4A 级景区→四贤坊

第二天：八境台→古城墙→蒋经国旧居→郁孤台→福寿沟博物馆→魏家大院→文庙、慈云塔→夜话亭、廉泉→建春门浮桥→马祖岩、狮子岩

第三天：方特东方欲晓主题公园→通天岩→峰山

"阳明之旅"三日游

第一天：上犹阳明湖、阳明天沐温泉小镇

第二天：崇义齐云山、茶寮碑、王阳明博物馆、阳明书院→赣州通天岩→赣州阳明书院

第三天：大余梅岭、丫山、落星亭→龙南玉石仙岩、小武当山、太平桥

后　记

近三年，我先后在江西理工大学、赣南师范大学、赣南科技学院、赣南师范大学科技学院、江西环境工程学院、赣州师范高等专科学校、赣州职业技术学院、江西省图书馆、南昌市图书馆、赣州市图书馆学会、赣南诗联学会、赣州中心城区一些行政企事业单位和中小学以及于都、瑞金、兴国、宁都、石城、南康、信丰、龙南、章贡区、经开区、蓉江新区等地，开展"跟着诗词游江西赣南"主题讲座共36场，本着常讲常新的追求，讲课内容不断丰富，形成了《诗旅赣南一百首》的书稿雏形。在此，感谢所有邀请我进行讲座的单位、学校和社会组织的领导和师友，为我提供了汇报交流个人研究诗旅融合成果的宝贵机会；感谢樊登读书会赣州运营中心梅菊、邓路、陈彩红老师主动承担讲座服务，多次将课稿精心制作成PPT，不厌其烦地反复修改、充实和更新。

感谢广东旅游出版社大力支持本书的出版！刘志松社长百忙中坚持亲自审看书稿全文，看完和编辑探讨，提出书名也可取《诗中赣南一百首》，同时非常谦逊地强调尊重作者意见。该社官顺、彭超老师前年组织编写"第32届世客会赣州文化丛书"时，热情鼓励我将课稿改成书稿出版。尤其是陈晓芬和陈楚璇老师去年开始负责编辑赣州市博物馆藏《王孟津书赠吕豫石诗册》和《诗旅赣南一百首》，兢兢业业，注重细节。她们以极其认真的态度展现出高度的敬业精神，秉持精益求精的专业追求，令人感动和折服。今年2月在赣州市博物馆举办的《王孟津书赠吕豫石诗册》新书分享会上，省市书法家协会及博物馆专家对广东旅游出版社的书籍给予了高度评价，认为其内容可靠且质量高。

感谢本书编委会和编撰组协调服务与用心创作！我和张有财、吴建华老师一起对每幅画、每篇文章再三推敲，从谋篇布局到斟词酌句都严谨审改。龙年海老师夫妇、余圣华及罗燕老师分别为拍摄和篆刻精心构思创作，奉献了他们的智慧和力量。谢称发、龙维娜老师是深耕语文教育的资深专家，多年积极为诗教进校园而努力，他们带领张建、刘清华、张光风、张遒等年轻人在文字统筹、资料核实、插画配图上狠下功夫，反复打磨，力求作品既精准又精美地呈现。

感谢我的恩师广东岭南书法院院长郑荣明先生赐题书名！20世纪80年代，郑老师在宁都师范学校教语文和书法，他以不倦的教诲积极引导众多学子对文学与书法的热爱。当年他创办的夏云书社对学生影响深远，培养了许多如今活跃在赣粤浙的书法精英。时序更迭，岁月如歌。2025乙巳年，迎来郑老师的花甲之喜。为了进一步弘扬书法艺术，展示郑老师书法教育的丰硕成果，促进师生书法学习交流，今年6月将在广东省书法园举办"简·不简单——龙鸣简牍书法艺术研究展"暨"郑荣明师生书法精品展"。赣州师专胡克龙副校长热情鼓励我参与投稿，我虽不才但却之不恭，斗胆写了一副甲骨文对联："十室之邑皆好学，三人同行我得师"。我计划6月赴广州观看师生书法作品展时，呈上本书作为成果，向恩师汇报分享。

由于我才疏学浅，本书谬误在所难免。欢迎广大读者批评指正。

今日惊蛰，我读了几首有关惊蛰的诗。其中贾岛的《义雀行和朱评事》，首句为"玄鸟雄雌俱，春雷惊蛰余"。后面还有一句"燕雀虽微类，感愧诚不殊"。惊蛰之夜，贾岛的诗句恰如其分地应景，我这后记表达的，正是一些"感愧"。

张伟

二零二五年三月五日